돈 많은 **남자랑**
결 혼 하 는 **법**

How to Marry Money

돈 많은 남자랑 결혼하는 법

| 상류층 여자 되기 프로젝트 |

Kevin Doyle | 케빈 도일

M&K

돈 많은 남자랑 결혼하는 법
상류층 여자 되기 프로젝트

2007년 11월 06일 1판 1쇄 인쇄
2007년 11월 12일 1판 1쇄 펴냄

펴낸이 구모니카
지은이 케빈 도일
옮긴이 김설아

편 집 서수은, 백난아
취 재 구모니카
영 업 남성진

디자인 Design I'm
인 쇄 한국소문사
제 본 문원문화사

펴낸곳 M&K
등 록 2005년 1월 13일 제7-292호
주 소 서울시 마포구 서교동 369-20 1층
전 화 02-323-4610
팩 스 02-323-4601
e-mail hg81s@naver.com
2030여자 클럽 2030womenselfhelp.cyworld.com
M&K 싸이월드 타운 http://town.cyworld.com/mnk

ISBN 978-89-92947-00-8 03810

ⓒ Kevin Doyle, 2004

이 도서의 국립중앙도서관 출판시도서목록(CIP)은 e-CIP 홈페이지(http://www.nl.go.kr/cip.php)에서
이용하실 수 있습니다.(CIP제어번호: CIP2007003401)

〈How to Marry Money〉
한국판
편집자의
공지사항

이 책은 정통의 부자든, 졸부든 아무튼 돈 많은 상류층 남자에게 접근하여 결혼에 성공하는 방법을 가이드하고 있다. 일단 상류층 사람들을 진단하고, 그들이 잘 가는 스팟을 알아보고, 그들이 매력적이라 여기는 애티튜드와 매너, 스타일 등의 교양과 품위가 철철 넘치는 여자가 되는 비법도 알려주고, 심지어는 그들이 먹는 것, 그들의 섹스 스타일까지도 가이드한다. 중간에는 성공 스토리, 타겟男 인터뷰 등이 들어있어 정말 실감난다. 다만 모든 것이 미국 부자들의 생활상을 소재로 하고 있음을 밝힌다.(번역서니까 어쩔 수 없다. 그러나 한국 부자라고 뭐가 다르겠는가.) 아쉬워할 한국 독자들을 위해 책 구석구석의 객관적인 정보들에는 (익명의 부자들 제보를 받아) 한국의 사례와 성공 스토리, 돈 많은 남자들 인터뷰를 추가했다. 더불어 책 말미에 체크 리스트를 넣어 당신이 돈 많은 남자와 결혼에 성공할 확률이 어느 정도인지 가늠할 수 있도록 했다.

CONTENTS

이 책은 어떻게, 왜 만들어졌는가? 009

이 책은 어떤 책인가? 012

작가의 한마디 014

01. 시작하면서 : **기적이 일어날까?** 015

02. 상류층 사람 진단하기 : 기본편 025

03. 상류층 사람 진단하기 : 응용편 047

04. 돈 많은 남자들이 잘 가는 곳 061

05. 부자들의 눈길을 끄는 여자 되기 087

06. 돈 많은 남자들이 열광하는 음식과 요리 113

07. 상류층의 섹스, 그 끈적한 비밀 125

08. 당부의 한말씀 139

09. 마치면서 : **좋은 건 역시 좋은 거다** 143

내가 부자와 결혼할 가능성 Check List 147

지은이 **케빈 도일** Kevin Doyle

케빈 도일은 동기부여 강연자이자 저널리스트이며, 기업가, 예술가, 작가, 출판업자, 대학원 강사 등 비교적 즐기며 할 수 있는 일들을 해왔다. 그는 현재 매사추세츠 채넘Chatham에서 꽤 편안한 생활을 하고 있다.

옮긴이 **김설아**

한국외국어대학교 영어과를 졸업하고, 현재 SBS 번역 대상 최종 심사기관으로 위촉된 (주)엔터스코리아 전속번역가가 활동하고 있다. 《돈 많은 남자랑 결혼하는 법》을 통해 상류층의 문화를 알게 되었다고 신기해한다.

국내 사례 취재 및 인터뷰 **구모니카**

방송, 신문, 잡지, 출판 등 언론사 커리어를 바탕으로 대학 강사, 도서기획출판 M&K의 대표로 재직 중이다. 최근 각종 언론 매체에 다수 출연, 셀러브리티의 면모를 과시하고 있다. 어릴 적부터 남달리 돈 많은 남자를 밝혔고, 수년 간 눈에 불을 켜고 부자 신랑을 찾아 헤매다 결국 포기하고 스스로를 먹여 살리기로 작정한 지 5년 째. 수많은 돈 많은 언니오빠들을 지인으로 알고, 그들 곁에서 친구로 지내는 것만도 행복하다는 그녀다.

이 거침없는 지침서는 20년 전쯤 내 딸 캐롤린^{Carolyn}에게 장난스럽게 보낸 편지들에서 시작되었다. 그 당시 열네 살이었던 캐롤린은 이제 막 남녀공학 중학교에 입학하여 한창 이성에 대한 고민이 많을 때였다.

몇 년 후 내가 단행본 출판인으로서 불후의 걸작이 될 만한 유쾌한 작품들을 만들고자 했을 때 우연히 이 편지들을 발견하게 되었다. 이 편지들은 매력적이고 재능 있는(본인은 그 사실을 잘 모르는 듯 보이지만) 젊은 편집자 리즈 파커^{Liz Parker}를 깜짝 놀라게 하기에 충분했다. 바로 이 편지들 속에 내가 출간하려는 불후의 걸작의 내용이 담겨 있을 줄이야! 리즈는 돈 많은 남자를 사냥하기 위해 전혀 생소한 상류층 세계를 기웃거리는 여자들이 읽을 수 있는 지침서를 출간하는 것에 관심이 있는지를 내게 물었다. 그녀는 묻지도 않았건만 친구들이 들려준 이야기나 자신이 돈 많은 남자를 만나 결혼할 자격이 없다고 생각하며 살아온 시절부터 돈 많은 남자와 연애를 했던 사건까지 자신의 경험담들을 거리낌 없이 내게 들려주었다.

몇 년 전 리즈가 출판업계에서 이름을 떨치고 있을 때 있었던 일이다. 그녀는 로스앤젤레스로 여행하던 중 영국의 와이셔츠 전문 매장인 턴불 앤 아서Turnbull & Asser의 비벌리 힐스 매장에서 남편감을 만났다. 그녀는 때마침 아버지의 날 선물을 사기 위해 매장에 들른 터였다.

그녀의 남편감은 기브스 앤 호크스Gieves & Hawkes(영국 왕실에 옷을 납품하는 유명한 전문 테일러의 이름)가 정교하게 재단하는 브링턴 웨이Brighton Way의 매장을 둘러보고 있었는데 온몸에서 생기와 부티가 배어 나왔다고 한다. 리즈는 그가 자신의 짝임을 단번에 알아봤단다. 그것은 페로몬의 영향이었음이 틀림없다. 물론 그의 부유함도 한몫 했겠지만 말이다.

《돈 많은 남자랑 결혼하는 법》은 결혼을 통해 신분 상승을 꾀하는 모든 연령대의 여자들을 격려하고자 쓰인 책이다.

상류층을 증거하는 반지들
이런 반지 꼭 한 번 껴보고 싶다

당신의 확 바뀐 생활상을 과시하는 동시에 상류층 사람들에게도 어필할 수 있는 두 가지 기본적인 결혼반지 디자인이 있다.

쓰리 스톤 The Three-Stone Starter

✤ 보석 세공은 어떤 모양으로든 가능하지만, 가장 중요한 것은 '더없이 반짝'

거려야 한다는 점이다.

⊕ 대개의 약혼반지는 다이아몬드 세 개 혹은 다이아몬드 두 개에 사파이어 한 개로 구성된다.

⊕ 가운데 있는 보석은 1캐럿 이상이며, 나머지 두 개는 같은 사이즈거나 작다.

⊕ 최상급 보석 세팅은 플라티나platinum(백금 혹은 18캐럿 백금)가 일반적이지만, 당신의 피부색에 따라 맞는 것으로 결정하도록 한다.

⊕ 루비는 바게트baguette(가느다란 장방향으로 깎은 보석모양)로밖에 만들 수 없기 때문에 메인 보석으로는 금물이다.

⊕ 원석이나 세공하지 않은 에메랄드는 스크래치가 나거나 깨지기 쉽다.

윈스톤 The Solitaire

⊕ 세공은 에메랄드 컷만 사용하도록 한다.

⊕ 품질이 굉장히 좋아야 하며 2캐럿 이하는 아예 하지마라.

⊕ 꼭 플라티나로 한다.

⊕ 중앙에 놓이는 보석 측면에 삼각으로 다이아몬드 바게트를 사용하기도 한다.

가드 링 Guard Rings(결혼반지가 빠지지 않도록 그 위쪽에 끼는 반지)
결혼 후 반드시 한 개는 받게 될 반지

⊕ 결혼 후 기념일이나 생일, 출산, 기타 특별한 날에 선물하기에 가장 좋다.

⊕ 어떤 보석을 섞어도 훌륭하다.

⊕ 결혼반지와 잘 어울리는 금속 제품의 샤넬 세트(홈을 판 보석 세트)가 있다.

⊕ 어떤 장소에서도 멋스럽게 보인다.

이 책의 예시나 지침들을 통해 당신은 돈 많은 남자를 찾아내고 결혼에 골인하는 방법에 대해 알게 될 것이다. 나아가 이 책을 읽다 보면 당신 주변의 모든 남자들을 간파하는 능력도 생길 것이다. 또한 그들이 당신의 머리 색깔 등 겉모습에 점수를 매기는 동안 당신은 그들의 배경이나 자산에 대한 많은 것을 알 수 있을 것이다. 한편, 돈 많은 남자들의 행동 양식과 이들이 좋아하는 것, 좋아하지 않는 것들에 관해서도 배울 수 있다. 돈 많은 척하는 사기꾼들을 가려내는 능력을 기르는 것도 이 책의 핵심 포인트다. 이 책을 읽고 나면 당신은 이러한 내용들을 숙지하게 될 뿐 아니라 이를 실행에 옮길 자신감도 얻을 것이다. 더 나아가 여러 배경 지식에 입각해 계획적으로 움직이는 철두철미한 여자로 거듭나게 될 것이다.

이 책을 통해 돈 많은 남자에 대한 기본 지식을 쌓고, 그가 인생에서 찾고 있는 것이 무엇인지를 전체적으로 훑어볼 것이므로 이 새로운 동반자들을 더 잘 이해하고 이들의 더 훌륭한 반려자가 될 수 있을 것이다. 이제 오랫동안 간직해오던 생활 방식에는 작별을 고하라. 지금부터 당신은 완전히 다른 게임을 시작할 테니 말이다. 온화한 성격도 중요하지만 때로는 고풍스런 냉정함도 필요할 것이다. 완벽한 목표를 세워라. 그리고 그 목표를 늘 염두에 두고 학습하고 행동하라.

  만약 당신이 돈과 결혼하기로 작정을 했다면, 이 책은 당신의 목표를 이루도록 게임에서 이길 백전백승의 전략을 보여줄 것이다.

> 66
>
> 비록 이 책이 여자의 입장에서 쓰인 것이기는 하나
> 간단히 입장만 바꿔 생각해본다면 남자들도 얼마든지 활용할 수 있다.
> 그러니까 내 말은 돈 많은 여자를 꼬시려는 남자들에게도
> 이 책은 유용할 것이라는 얘기다.
> (원래 돈 많은 족속들의 삶과 사상은 비슷하기 마련이니까.)
>
> 99

How to 01 Marry Money

시작하면서;

기적이
일어날까?

돈.

많.

은.

남자들의 인생과 캐릭터는 우리가 상상하는 것 이상으로 복잡하다. 부유하지 못한 많은 사람들은 돈을 끝없는 문제에 대한 완벽한 해결책이라고 생각하는 경향이 있다. 물론 돈은 어려운 상황을 완화시켜줄 수 있지만, 한편으로 많은 사람들에게 보이지 않는 압력이 될 수도 있다. 당신은 그런 종류의 압력을 자신에게 유리한 방향으로 바꿔놓기 위해서 어떤 식으로 돈 많은 남자들의 삶 속으로 잘 스며들 지 따져봐야 한다. 뒤에 이어지는 돈 많은 남자의 다양한 유형을 살펴보고, 이로써 알 수 있는 것을 곰곰이 생각해보자. 또한 책 중간에 나오는 여섯 명의 타겟男의 프로필을 꼼꼼히 탐구해보고 인터뷰에서 그들의 성격이 나타나면 당신이 그들과 과연 어떻게 상호 작용할 수 있는가를 판단해보자. 어떤 성격의 남자가 당신에게 매력을 느낄까? 당신은 누구에게 가장 매력을 느끼게 될까?

가슴에 손을 얹고 생각해봐라! 누가 당신을 아내로 점지할 것 같은가?

미국의 3대 대도시에서 볼 수 있는 고급 매장

뉴욕

Paul Stuart, 매디슨 애비뉴 350

Barney's New York, 매디슨 애비뉴 660

John Varvatos, 머서 스트릿 149

Thomas Pink, 매디슨 애비뉴 520

Bergdorf Goodman Men's, 5번 애비뉴 745

시카고

Express Men, 북 미시간 애비뉴 845

Davis for Men, 서 노스 애비뉴 824

Public Ltd., 서 디비전 스트릿 1923

Nordstrom, 북 미시간 애비뉴 520

Mark Shale, 북 미시간 애비뉴 900

로스앤젤레스

Prada Men's, 비벌리 힐스 북 로데오 드라이브 343

Lisa Kline Men, 비벌리 힐스 남 로베르트손 불르바드 123

Scott Hill, 비벌리 힐스, 남 로베르트손 불르바드 100

Hugo Boss, 비벌리 힐스 북 로데오 드라이브 414

Faconnable, 비벌리 힐스 윌셔 불르바드 9680

in Korea

서울 청담동 명품거리에 명품브랜드 매장들이 몰려 있다. 하지만 기존 명품은 이미 대중화되어 있어 희소성과 가치가 떨어진다고 생각하는 울트라 명품족들은 국내 쇼핑은 거의 하지 않는 편이다. 그나마도 국내에서 찾을 수 있는 몇 가지 것들은 청담동 편집숍 분더숍, 압구정동 일대의 백화점, 명동 신세계 본점, 소공동 롯데백화점 본점, 그랜트 하얏트 지하 아케이드, 신라호텔 아케이드 등에서 만날 수 있다. 울트라 명품 브랜드로 남성정장은 키톤, 윌리엄 피오라반티, 아톨리니, 리아나 리, 구두는 존롭, 벨루티, 가방은 보테가 베네타, 시계는 바쉐론 콘스탄틴, 브레게, 블랑팡, 오데마피게 등이 있다.

P.S. 상기 매장에 들어갈 때 당신이 갖춰야 할 복장이나 태도가 어떤 식이어야 할 지에 대해서는 말해 뭐하겠는가.

__취미생활로 갤러리를 운영하고 있는 J군 제보. 한남동 거주.

성공 스토리 ;
세련된 방식으로 진심을 표현하라!

바트 에반Bart Evans은 마라톤 달리기와 열기구 투어에 관심이 많은 외과 의사였다. 물론 예순한 살로 나이가 좀 많긴 했으나, 380만 달러란 순자산을 가지고 있다는 건 스물아홉 살짜리 아가씨 휘트니Whitney가 그를 완벽한 결혼상대자로 찜하는 덴 더할 나위 없는 조건이었다. 한편 바트에겐 자기 연령대가 약에 의존해 살아갈 수밖에 없다는 사실을 너그럽게 이해해줄 수 있는 여자, 자신이 건강하게 활동할 수 있도록 정신적인 지원을 아끼지 않을 여자가 필요한 듯했다.

고급 음식과 와인을 즐기는 바트에게 휘트니의 훌륭한 요리솜씨는 큰 빛을 발할 터였다. 휘트니는 재정적으로 큰 어려움이 없었으나 일등급 신랑을 만나려는 꿈을 품고서 코네티컷 주의 다리엔에서 유명한 트레이너가 되기 위해 열과 성을 다했다. 그러던 어느 날 '초원 위 오두막Tavern on the Green'이란 레스토랑의 래프터 룸Rafters Room에서 병원 테니스 파티가 열렸을 때 바트를 소개받은 휘트니는 그와 함께 이국적인 식사를 즐기며 혼을 빼놓는 말재간으로 그의 관심을 끌었다.

바트는 결혼을 하면 바쁘고 치열한 자신의 삶이 크게 동요될 것이라 생각해 독신으로 지내오고 있었다. 그런데 휘트니와 대화를 하면서 그 생각이 바뀌었다. 외과의사의 아내가 된다는 게 무엇인지를 진심으로 이해하는 듯한 여자를 만났다고 느꼈기 때문이다. 결국 그녀의 학력이나 집안 환경, 나이 등의 조건에 상관없이 그녀와 결혼하고 싶다는 마음이 생겼다.(하긴, 그 정도 나이를 먹으면 최악의 경우를 제외하고 사회적 관습에 따라 조건을 일일이 따지는 건 오히려 어리석어 보이게 마련이니까.)

이제 열쇠는 휘트니가 쥔 셈이다. 다행히 그녀는 뭇시선을 이끌어낼 정도로 아름다웠고 바트의 의학계 집안에 어울릴 만큼 세련된 교육을 받았다. 그만하면 신붓감으로 손색이 없었다. 게다가 값비싼 선물을 언제나 당연하게 받아들인 바트의 옛날 애인들과는 태도가 어쩌나 다른지, 휘트니는 그에게 선물을 받으면 진심으로 좋아하며 고마움을 표할 줄도 알았다. 그러니 바트가 그녀에게 값비싼 선물을 해주면서 그로써 기쁨을 누렸던 것은 어쩌면 당연한 일이 아닐까? 지금에서야 말이지만, 그 당시에는 이런 두 사람의 속마음을 서로 알기나 했겠는가. 어쨌든, 바트는 사람을 신중하게 만나고 오래 지속하는 유형이었으며 운 좋게도 휘트니가 그런 그의 마음에 들어 결혼에 골인하게 되었다.

결혼생활 6년째를 다사다난하게 보내고 있는 휘트니는 당신에게 이렇게 조언한다. "그를 사로잡는 가장 좋은 방법은 그게 사실이든 허풍이든 간에 당신이 그걸 이미 가지고 있는 것처럼 보이는 거랍니다. 그런 자세와 함께 세련됨을 유지하면서 진심으로 기뻐하는 법도 공부해야겠지요."

in Korea
본인이 가장 잘 할 수 있는 것을 하라!

발리의 휴양지에서 미친 듯이 뛰노는 제게 그는 이렇게 말했어요. "당신이 흥에 겨워 노는데 왜 제가 신이 나죠?" 그날 밤 이후로 한 주간 붙어 다니며 불같은 사랑을 불태웠죠. 전 그가 무지하게 많은 돈을 상속받은 은퇴남이라는 것을 서울에 돌아와서 알았을 정도로 그따위 것엔 관심을 두지 않았어요. 우리는 미친 듯 서로에게 탐닉했고, 발리의 모든 것을 기꺼이 즐겼고, 그저 행복한 한 때를 보낸다는 생각뿐이었죠. 제가 서울로 돌아가던 날, 롤란드는 이렇게 말했어요. "각자의 시간으로 돌아가서도 서로가 너무 그립다면 연락합시다."

대구에서 소박한 중산층 가족으로 단란하게 살아온 수진 씨. 스무살 시절 서울로 올라와 스물일곱 살까지 사회생활을 하면서 느낀 것은 돈의 많고 적음에 따라 사람의 가치가 판단되어진다는 것. 뭐니뭐니해도 머니가 중요하다는 사실! 성형외과 고객상담직이라는 직업의 특성상 속물근성을 가진 여자들을 많이 만날 수밖에 없었고, 그녀도 그들과 같이 돈 많은 남자에 대한 환상을 키워

있었다. 외모 관리에 특별히 신경을 많이 써야하는 직업 때문이기도 하겠지만 타고 나기를 완벽한 몸매에 작고 예쁜 얼굴을 한 그녀. 압구정동의 유명한 피트니스 클럽에 다니는 수진 씨는 하루에도 서너 명의 남자들로부터 데이트 신청을 받기로 유명했다. 그런데 그런 곳에서 먹잇감을 찾는 남자들 중 부자는 거의 없다는 사실을 알기까지 3년을 허비하고 만다.

허무하고 지친 마음을 달래려 회사를 때려치고 자신을 위해 멋진 휴가를 선물하기로 한다. 모아 둔 돈으로 최고급 호텔과 리조트를 예약했는데 발리는 그야말로 환상적이었다. 서울도 잊고 못난 남자들도 잊고 자기의 본능에 충실한 채 여유를 즐겼다.

그곳에서 40대 은퇴한 상속인 롤란드를 만나게 된다. 그는 홍콩과 상해에 사업체와 거처를 두고 전 세계를 돌며 휴양하며 살고 있는 그야말로 돈 많은 영국계 상속인인데, 수진 씨가 무아지경으로 노는 모습과 그녀의 외모가 그를 사로 잡고 만다. 환상적인 한 주를 보낸 후 그들은 서로를 얼마나 간절히 원하는 지 알게 되었고, 롤란드는 리무진을 보내 수진 씨에게 청혼을 했다.

행복한 얼굴로 그녀는 이렇게 말한다. "사람들은 제 외모가 부자 외국인에게도 통했다고 하는데, 그건 아니죠. 남은 여생을 함께 놀아줄 수 있는 흥이 있는 여자, 게다가 예쁘기까지 한 여자가 필요했던 겁니다. 노는 데는 기술이 필요 없어요. 제가 그 시간을 얼마나 기쁘게 즐기는 지, 그것만이 중요할 뿐입니다. 롤란드는 아직도 제 춤추는 모습만 보면 미치겠다고 하는 걸요."

　　돈 많은 남자들도 가지각색이다. 나이 든 사람이 있는가 하면 젊은이도 있고, 잘 생긴 사람이 있는가 하면 끔찍한 이도 있게 마련이다. 교양 있는 사람, 촌티가 줄줄 흐르는 사람, 세련된 사람, 미숙한 사람, 정갈한 사람, 흐트러진 사람, 지적인 사람, 멍청한 사람 등등 그 종류는 실로 엄청나다. 물론 여기서 당신이 선호하는 남편감을 간단히 선택할 수 있다면야 좋겠지만 인생이 어디 그리 호락호락하던가? 늙고 매력이라곤

쥐뿔도 없으며 멍청한데다가 독설을 퍼붓기 일쑤고 옷까지 못 입는 남자와 살 수 있겠는가? 그렇다면 당신과 결혼해 줄 돈 많은 남자를 찾는 일이란 식은 죽 먹기다. 반대로 부유하면서 도 매력적인 완소남과 결혼하고 싶다면 선택의 폭은 훨씬 좁아진다. 그러니 당신이 가장 먼저 해야 할 일은 본인이 인정할 수 있는 남편감의 자질에 관한 마지노선을 결정하는 것이다.

돈 많은 남편감을 찾는 것도 중요하지만 정작 자신이 어떤 남자들에게 매력적으로 다가갈 수 있는지 또한 진지하게 생각해봐야 한다. 만약 당신이 뚱보에다가 교육도 제대로 못 받았다면? 미안하지만 선택의 여지가 별로 없다. 좀더 냉정하게 자신을 판단해보자. 섹시하고 우아한가? 그렇다면 당신의 선택권은 확실히 넓어진다. 사실 자신을 정확히 판단하는 과정은 몹시 괴롭고, 100% 정확한 판단을 할 수도 없다. 어떤 이들은 자뻑 기질이 다분한 반면, 어떤 이들은 (앞에서 말한 이 책의 편집자 파커 부인처럼) 주변 사람들이 인정하는 자신의 우아함을 정작 본인은 발견하지 못할 수도 있다. 단짝 친구들 역시 당신을 객관적으로 판단할 수 없기는 마찬가지이다.

자, 여기 사심을 버리고 좀더 냉정하게 자기 자신을 진단하는 방법이 있다. 과거에 당신이 꼬실 수 있었던 남자를 생각해보는 것이다. 당신에게 관심을 보인 그들은 잘생기고 지적이며 친절했는가? 그렇다면 현재 시점의 당신은 지적이고 친절한 남자를 만날 기회가 많을 수 있다.(비록 과거에 비해 그렇게까지 잘생기지는 않았겠지만 말이다.) 이전에 만났던 남자들처럼 본

바탕이 일단 멋있어 주시고, 거기다 고맙게도 돈까지 많은 남자가 당신에게 청혼할 것이라는 기대는 일찌감치 버려라. 아무리 부자라고 해도 매력 없는 남자와 함께 일생을 보내는 것이 악몽 같다면 당신은 잘 생기고 지적이며 돈 많은 '건달'을 만나야 할 것이다. 당신이 적당한 기회를 잘 잡아 최적의 조건을 갖춘 남자를 낚을 수 있는 방법이 바로 이것이다. 과거에 사귄 남자들의 특징을 쭉 적어본 뒤 그 중 가장 높은 점수를 받은 항목을 지우고서 거기에 (대신) '돈'을 집어넣는 것이다. 슬슬 느낌이 오는가? 돈 많은 신랑감을 찾아 헤매고 있다면 외형적인 조건에 대해서는 적당히 포기하고 '부자'라는 조건을 높은 순위에 두는 것이 훨씬 현실적이다. 실망스럽게 들릴 수도 있겠지만 어쩌겠는가? 이것이 엄연한 현실인데 말이다.

🪙 비굴포인트 #이 과거에 사귄 남자에게 가장 높은 점수를 주었던 것(이를테면 외모나 성격 같은)을 '버리고' 거기에 돈이라는 항목을 끼워 넣는다. 그렇게 만들어진 상상속의 그 남자, 아주 100% 마음에 든다.

이 책의 조언을 통해 돈 많은 남자를 찾고 유혹하는 방법을 학습할 수는 있다. 그렇지만 그 어떤 책도 누가 봐도 나와는 비교가 안 될 정도로 우월한 상대와 결혼할 수 있는 기적이 일어나도록 도울 수는 없다. 또한 어떤 조언도 지금 당신의 겉모습을 완전히 매력적으로 보이도록 만들 순 없다.(성형수술 가이드북 같은 게 있다면 모를까.) 자신의 긍정적인 자질을 부각시키는 방법을 가장 잘 알고 있는 사람은 바로 자기 자신이다. 뽀빠이도 말하지 않았는가. "여러분은 바로 여러분 자신이며 그 모습 그대로 받아들여질 것이다." 돈 많은 남자는 자신이 다 가질 수 있는데도 적게 가지려고 노력하는 멍청이가 아니다. 그들은 자신의 가치를 정확하게 이해하고 있고, 그에 어울리는 것만 손에 거머쥐려는 종족이다.

비굴포인트 #02 자신이 돈 많은 남자가 찾고 있는 완벽한 외모와 내면을 모두 가졌는지 정확하고 냉철하게 판단해야만 한다. 학습이나 수술을 통해서도 변할 수 없는 뭔가가 있다. 자, 가슴에 손을 얹고 답하자! 난 정말 S라인 몸매와 탤런트 뺨치는 외모를 뽐내고 있으며, 심성이 어찌나 고운지 '타고난 귀부인' 이라는 소리를 귀에 못이 박히도록 들었다.

위에 나온 조언들을 명심 또 명심하자. 안 그랬다간 신랑감을 찾아 나섰다가 완전 냉혹하고 당신 이상으로 매혹적인 여자들 수십 명에게 둘러싸인 돈 많은 남자를 목전에 두고도 처절한 실패를 맛봐야 할지도 모른다. 아울러 다음 페이지에서 이어지는 조언들도 잘 습득하고 활용하길 바란다. 그로써 당신은 실제로 돈 많은 남자를 만나 길들이고 거머쥐려는 목표를 향해 한 걸음 더 나아갈 수 있을 것이다.

How to 02 Marry Money

상류층 사람 판단하기 ; 기본 편

타고 나기를 귀족 혈통인 꿀은
주위에 들끓는 벌 따위에 신경 쓰지 않는다.
꿀에게 가장 중요한 것은
귀족의 향취가 물씬 풍기는
단 한 마리의 벌뿐이다.

＿에밀리 디킨슨 Emily Dickinson

세.
상.
에.
는.

가난하고 후진 남자만큼이나 여러 스타일의 돈 많은 남자가 있다. 이들의 성격은 예절바르고 과묵하거나 저속하고 외향적이기에 이르기까지 꽤 다양하다. 그러므로 남편감을 고르기 시작할 때부터 돈 많은 남자들의 다양한 성격을 꼼꼼히 고려해야 하며, 자신이 어떤 남성상과 가장 잘 지낼 수 있는지도 염두에 둬야 한다. 다시 말하면 당신이 어떤 부자 남자들의 결혼 조건에 부합하는지를 알아야 한다. 이러한 자가진단을 초기에 철저히 끝마친다면 결혼 전 무수한 시행착오로 아까운 시간을 낭비할 필요 없이 한큐에 부자와의 결혼에 골인할 수 있을 것이다.

그들이 부자인 이유는 무엇인가?

◉ 부유함의 원인

그들이 어떻게 부자가 되었는지(부자인 이유)에 따라 돈 많은 남자들을 구분하고, 그에 해당하는 일반적인 성격을 설명하는 것은 (복잡다단한) 돈 많은 남자들을 간단하게 파악하는 좋은 방법이다.

돈 많은 남자가 부유한 이유는 크게 두 가지다. 하나, 일을 통해 얻는 근로소득과 둘, 소유 재산을 통해 얻는 불로소득이 바로 그것이다. 근로소득은 돈을 벌어들이는 데 일정한 한계가 있다. 많은 돈을 벌기 위해 치과의사가 할 수 있는 일은 단지 의치를 그만큼 많이 만드는 것뿐이며, 일꾼은 많은 도랑을 파야 할 뿐이다. 근로소득자 가운데 돈 많은 남자로 꼽을 만한 부류들은 회사 중역이나 전문 컨설턴트, 최근 개봉한 영화로 인기몰이를 하고 있는 스타 정도다. 물론 이들이 단기적으로 상당한 수입을 올릴 수는 있으나 막대한 돈을 축적하는 일은 거의 불가능하다 하겠다. 고로 오로지 노동 없이 기본적으로 보유하고 있는 재산만으로 큰 수입을 얻는 남자가 그야말로 돈 많은 사람이다.

그러나 생계를 꾸려 나가기 위해 꼭 일을 하지 않아도 되는 남자를 찾아내기란 하늘의 별따기만큼이나 어렵다. 이러한 남자들은 취미로 일을 하거나 시간제 일을 하는 등의 방법으로 종종 자신의 부유함을 감추려 하기 때문이다. 예를 들어 신문의 주간 칼럼이나 잡지의 피쳐란에 글을 기고하는 남자가 따뜻한 수영장과 자가용 아홉 대가 들어차 있는 차고를 갖춘 큰 저택에서 살고 있다면? 이 남자는 그냥 예의상 돈을 벌고 있는 척하는 것이다. 자, 이 시점에서 또 한 가지 고려해야 할 점은, 불로소득을 얻는 남자들이라고 해서 모두 상류층에 속해있지는 않다는 것이다. 불로소득을 올리고는 있지만 (타고난) 상류층이 아닌 남자들은, 대개 변호사인 부모가 편법으로 돈을 왕창 벌었거나 혹은 그 부모 대에서 세탁소 체인점이 대박나 돈을 벌게 되었거나 혹은 운이 좋아 돈줄이 트이게 된 부동산 투기꾼의 상속인 정도일 것이다.

재산의 종류에 따라 취향도 다르다

◉ 돈도 돈 나름!

한편, 재산의 종류 역시 가지각색이다. 모든 사람의 재산이 오래 전부터 있었던 것은 아니며, 간혹 그 양이 적을 수도 있고 결코 탐나는 것이 아닐 수도 있다. 그 출처가 어떻든 간에 선조로부터 모든 재산을 상속받은 남자는 생계를 꾸리기 위해 일을 하는 사람과는 전혀 다른 부류의 남자일 것이다. 예컨대 상당히 많은 수입을 보장받으며 호화로운 삶을 영위하는 남자는 그렇지 않은 사람보다 더 피곤하겠지만 그 와중에 더욱 활동적인 성향을 보일 것이다. 반면 직업이 없는 상속남은 아마 더 안정적으로 보이긴 하겠지만 박력은 부족할 테고 말이다.

중국 무역을 통해 1세기 이상 전부터 재산을 축적한 집안의 상속남과 뉴저지에 여러 개의 주차장을 소유한 유산 상속남 간에는 엄연한 차이가 있다. 이렇듯 서로 다른 노동을 통해 돈을 버는 남자들은 서로간의 성격에 있어서 엄청난 차이가 있다. 즉, 돈 많은 변호사나 연예인, 항공기 기장, 내과 의사 등과 같은 다양한 전문 직종 종사자들 각각의 의상, 말투, 취향 등이 확연하게 다르다는 것이다. 물론 간혹 좀 색다르게 행동하는 사람들이 있긴 하지만 이런 경우는 극히 드물다. 가장 시대에 부합하는 방법으로 높은 수입을 올리는 남자는 상대적으로 (나약한) 누군가의 고용인보다 더 세련될 것이다. 예컨대 런드로맷Loundromat (미국의 유명 세탁건조기 상품명) 회사 사장은 교향악과 15세기 그림에 취미가 있는 반면 한 지역의 은행장은 구기경기나 자동차 경주에 더 쉽게 빠져들 것이다. 하지만 단지 부유함의 원인만으로 돈 많은 남자의 성격이나 취향을 정확하게 평가하기는 어렵다.

💲 비굴포인트 #03 본인이 돈이면 만사 오케이라는 식인지, 그래도 비교적 평온하고 안전한 방법으로 쌓인 돈을 좋아하는지 알고 있어야 한다. 왜냐하면 돈의 출처에 따라 (당신이 함께 쓸) 그 돈의 쓰임새가 달라지기 때문이다. 돈만 많으면 아무래도 좋다고 생각한다면 부자를 만날 확률은 훨씬 높아진다. 난 돈이면 다 좋아!

최악의 남자 피하기
비굴함을 버리고 행복한 결혼에 성공한 여자

리즈 파커Liz Parker의 친구 보니Bonnie는 오랜만에 대학 때 친구를 우연히 만나 매디슨 광장 가든 마상쇼에 억지로 끌려가게 되었다. 그날 이후 그녀는 한 일벌레와 데이트를 시작했다. 사연인즉슨 이렇다. 특별히 말을 좋아하는 것은 아니었지만 이날만큼은 휴식을 취하며 친구와 좋은 시간을 보내기로 결심한 보니는 앤드류Andrew라는 한 남자 옆에 앉게 되었다. 분위기를 보아하니 그 남자가 새로 구입한 말 두 마리가 이번 쇼에 출전하는 것 같았다. 공연 중 보니는 앤드류의 무릎에 다이어트 소다를 쏟았고 미안한 마음에 정성스럽게 이를 닦아주었다.

그동안 이 남자는 자신이 최근 구입한 말들에 대해 계속 떠들어댔고 말이다. 이들이 교제를 시작한 지 얼마 지나지 않아 보니는 앤드류가 휴식을 위해 마상 쇼(조랑말 위에서 펼치는 환상적인 마상·마예 공연)에 가는 일은 극히 드문 일이었다는 사실을 알아차렸다. 그는 원래 그날 일본에서 회의가 잡혀 있었으나 마지막 순간에 일본 고객이 회의를 취소했던 것이다. 앤드류는 주로 사무실에서 살았으며 그렇지 않은 경우에는 고객들과 골프를 치러 가곤 했다. 집에 있을 때에는 주식 시장과 기타 금융 소식을 접하느라 컴퓨터 앞에 앉아 있었고 말이다. 심지어 그는 '큰 거래'를 성사시킨다는 이유로 여러 번 보니와의 약속을 취소했으며 그녀의 생일날에도 바람을 맞혔다. 앤드류라는 남자는 그녀에게 돈을 주는 것을 좋아했지만 그녀가 그 돈을 어디에 쓰는지, 예컨대 그의 선물을 사는 데 사용하는지, 란제리를 사는 데 사용하는지-이것 역시 그를 위한 선물 되시겠다-, 그것도 아니면 그의 집 텅 빈 벽에 걸어둘 예술품을 사는 데 사용하는지에 관해서는 전혀 관심이 없었다. 한편, 보니는 돈이 많은 사람과 결혼하고 싶다는 것은 인정했으나 다른 모든 것을 제쳐두고 돈을 더 많이 버는 것에만 빠져있는 남자와는 결혼하지 않겠다는 마음을 굳히기 시작했다. 보니는 자신이 고른 메릴랜드의 한 말 농장에서 결혼식을 올릴 예정이었으며 앤드류는 이미 이벤트 비용으로 돈을 지급한 상태였다. 그러나 이 무슨 운명의 장난이란 말인가? 그녀의 인내심은 결혼식 바로 전날에 한계에 다다르고 말았다.

급기야 앤드류는 보니에게 100페이지 분량의 혼전 계약서에 서명할 것을 요청했기 때문이다. 이 문서는 도저히 용납할 수 없는 것이었기에 보니는 결국 앤드류와 그의 돈을 버리기로 결정했다. 그리고 그녀는 지금 자신이 가진 것을 즐길 줄 아는 또 다른 돈 많은 남자를 찾았다.

in Korea

폭력남을 버리고 다른 행복을 거머쥔 여자

중산층 가정의 비교적 평범한 분위기에서 자란 스물여덟 살 아리따운 아가씨 지원. 생일날 친구의 소개로 부잣집 아들을 만나게 된다. 이제까지 내가 이렇게 생긴 남자를 만나려고 예쁘게 살아왔나 화가 날 정도로 외모는 영 꽝이었던 남자. 뚱뚱하고 작고 못생기고 아무튼 모든 게 싫었는데, 문제는 소개팅을 주선한 친구 왈, "완전 부자거든…. 작년에 걔네 별장에 우르르 가서 놀았는데, 보통 부자가 아닌 것 같았다고." 흔들리는 지원. 그날 생일이었던 지원을 위해 만난 첫 날인데 스키 장비 풀 세트를 사온 그 남자에게 지원은 여지를 주고 만다. 그렇게 만남은 계속되었고 돈을 펑펑 써대는 그에게서 박력과 파워를 느낀 지원은 사랑에 푹 빠지고 만다. 이제 외모 따위는 문제도 아니게 되었고…. 그런데 시간이 지날수록 제 멋대로 구는 통에 지원은 불만이 쌓여가지만 선물 공세를 벌이는 그에게 화도 제대로 못 냈다.

친구들이랑 있는데서 지원 씨 옷 입는 스타일에 대해 타박하기가 일쑤고, 집에 조금이라도 늦거나 그가 싫어하는 친구를 만나거나 하면 거의 혼내는 수준으로 버럭 화를 내지를 않나, 자기는 매일 가라오케에 나이트를 전전하면서 지원 씨는 회사 회식을 해도 지랄이 났다. 무엇 때문인지(돈 때문이었겠지) 그런 그에게 끌려 다니던 지원은 어느 날인가 너무 화가 나서 전화기를 꺼놓고 친구들과 밤새 음주가무를 즐겼다. 다음날 아침 집에 들어가는 골목 어귀에서 기다리던 그 남자. 갑자기 지원에게 싸다귀를 날렸고, 지원 씨는 이게 마지막이라며 돌아섰다. 그런데 이건 또 웬 운명의 장난인가. 몇날며칠을 집 앞에서 석고대죄를 하는 남자에게 다시 마음을 열고 만남을 지속하는 지원. 안 봐도 비디오 듯 그 남자의 폭력은 점점 거칠어졌다. 툭하면 손을 대는 그 남자를 끊는 데만 7년이 걸린 지원 씨는 현재 서른넷 나이에 멋진 돈 많은 연하남을 만나 결혼을 앞두고 있다.

그녀는 조언한다. "돈 많은 남자들, 어디 한 구석 이상한 데가 꼭 있답니다. 저는 최악의 것, 폭력성에 걸렸죠. 젊은 시절을 다 그 미친놈에게 빼앗겼지만 그나마도 다행인 것은 그 사람 사귈 때 싸돌아다니면서 돈 많은 사람들의 문화에 대해 보고 듣고 익혔다는 거, 그거 딱 하나에요. 아무리 돈이 많아도 이게 아니다 싶으면 과감하게 버리세요. 멀쩡한 돈 많은 남자를 물색하면서 말이죠."

돈 을 버 는 태 도

● 일벌레 타입

돈 많은 남자를 더욱 통찰력 있게 분류하는 방법은 그의 일과 소비 습관을 파헤치는 것이다. 이와 같은 외적 지표들은 앞으로 당신이 만나게 될 남자에 관한 많은 정보를 함유하고 있다.

으레 많은 돈을 벌고자 하는 욕구를 품고 있는 남자들은 자신이 은행에 보유하고 있는 현금 잔고나 모을 수 있는 월급의 액수에 따라 자신을 정의내리거나 자신의 가치와 남자다움을 평가한다. 기업에서 고공행진으로 출세를 하고 있는 사람이나 많은 돈을 벌어야 한다는 강박관념에 사로잡힌 사람들은 종종 내적인 힘이나 용기, 정직함과 같은 개인적인 자질을 계발하는 것을 소홀히 한다. 하지만 이들보다 힘들게 사는 하류층 사람들이나 현명한 상류 계층 사람들은 이러한 개인적인 자질들을 높이 평가한다.

벼락부자를 치료하는 뉴욕의 정신과 의사인 로버트 굴드 Robert Gould 박사는 "중산층 계급에게 남겨진 것이라곤 지갑을 불룩하게 만들기 위한 싸움뿐입니다."라고 말했다. 자, 정확히 어떤 종류의 남자들이 자신을 평가하는 데 이러한 재정적인 잣대를 들이대는가? 굴드는 이렇게 말한다. "돈으로 자신의 가치를 평가하는 남자들은 대개 여자의 관심을 끌 수 있는 자신의 천부적인 능력을 의심하는 자신감이 부족한 남자들이죠. 이러한 남자들에게는 자신의 무능력함과 그로인한 걱정거리에 대항하는 것 역시 꽹장히 힘든 일이며, 그렇기 때문에 이들은 이러한 자신의 모든 개인적인 문제에 대한 보상심리로 돈을 선택하고 오직 돈벌이에만 고군분투하는 것입니다." 굴드의 동료인 테오도르 Ⅰ. 루빈^{Theodore I. Rubin} 박사는 "여자로부터 얻는 확신이 사업의 성공만큼 중요하지 않은 남자들이죠."라고 말하면서 굴드의 말에 동의했다. 이러한 남자와 결혼했을 때 겪을 어려움은 불 보듯 뻔하다.(제 아무리 돈이 최고인 여자라 하더라도 원래 여자란 관심과 사랑에 민감한 종족이 아니던가.) 그러니 미리 세심한 주의를 기울이면, 그리고 결혼 전에 이러한 성격상의 결함과 돈에 대한 가치관을 눈치 챈다면, 이들과 결혼하여 맘고생 하는 일도 피할 수 있을 것이다.

💲 비굴포인트 #04　　돈 많은 남자기만 하다면 일에 빠져서 나라는 여자는 안중에도 없어도 상관없다고 생각한다.

돈 을　쓰 는　방 법

◉ 투자하듯이 돈을 쓰는 타입

일벌레만큼이나 위험하며 피해야 할 또 다른 타입은 투자하듯이 돈을 쓰는 남자이다. 이들은 돈을 버는 방식보다는 소비하는 방식을 통해 자신의 본질을 부각시킨다. 리즈의 친구인 린다^{Linda}는 이러한 화려한 남자와 만나고 있었다. 이 남자가 가진 부의 힘은 가정부를 부리는 것에서부터 어마어마한 크기의 리무진에 이르기까지 모든 면에서 극명하게 드러났다. 그는 자신의 가정부나 리무진 등을 품위도 없이 늘 과시하고 다녔는데, 이로 인해 늘 다른 사람들의 주의를 끌었다. 하지만 그가 소유한 물건, 만나는 사람, 그 모두가 자신을 투영하는 성공의 상징일 뿐, 그 이상 그 이하도 아니었다. 그는 부티가 안 나는 평범한 강아지는 절대 기르지 않을 것이었으며, 린다를 포함한 그의 주변 측근들은 모두 구색을 맞추기 위해 필요한 존재들일 뿐이었다. 게다가 그는 사람들과 함께 어울리며 얻을 수 있는 즐거움을 전혀 느끼지 못하는 사람임이 분명했다. 심지어 그런 감성적인 면이 있기는 한지 의심스러울 정도다. 그는 자만하기 위해 혹은 낯선 사람들을 겁주기 위해서만 주변 사람들을 이용했다. 이를테면 린다에게 선물을 하는 사치를 누리는 경우에는 코를 문지르는 등의 방식으로 자신의 관대함을 과시했으며, 왜 이런 선물들을 사게 되었는지(예를 들면 문득 생각이 났다는 둥, 잘 어울릴 것 같았다는 둥)에 대해서는 절대 설명하지 않았다. 린다는 끊임없이 자신이 애인이 아니라 하나의 소유물이라는 느낌을 받았다. 그녀가 입을 다문 채 예쁜 인형처럼 가만히 있는 한은 그가 그녀에게 관심을 보일 것은 뻔했다. 다시 말해 그녀는 단지 그를 위한 또 하나의 예쁜 액세서리로, 그가 원하는 것은 무엇이든 가질 수 있다는 것을 세상에 다시 한 번 증명해주는 도구에 지나지 않았다.

그러나 전문 항해사인 린다가 원양 항해 범선의 선장직을 맡게 되면서 이 모든 상황을 변화시킬 행운을 잡았다. 배 소유주의 아들인 그녀의 새 구혼자는 린다가 결혼을 위해 이 예절 바르게 자란 남자의 손을 잡아줄 때까지 기다려준 것이다. "남자는 사회적인 안정감을 얻기 위해 결혼하지만 여자는 보통 경제적인 혜택을 누리기 위해 결혼하죠. 하지만 그 혜택을 누리는 양측이 모두 그것이 혜택이라고 느껴야 비로소 행복은 찾아온답니다." 우리의 성공한 여성 요트 조종사는 이렇게 말했다. 이제 32세가 된 린다는 이스트햄튼Easthampton에서 결혼식을 올리고 버뮤다로 신혼여행을 다녀온 후, 현재 결혼 8주년을 앞두고 있다.

린다가 가장 좋아하는 명언은 미국 전 재무 장관이었던 아이비 베이커 프리스트Ivy Baker Priest가 한 말이다. "우리도 남부럽지 않게 버는데, 남자들이 돈이 있든 없든 무슨 상관인가?"

🪙 **비굴포인트 #05** 남자가 자기자신은 물론 나에게도 돈을 펑펑 써댄다면, 내가 그의 액세서리든, 장식품이든, 뭐든 상관없다고 생각한다.

돈은 많지만, 이건 아니다

◉ 상속받은 재산에 죄책감을 느끼는 타입

위에 설명한 두 종류의 돈 많은 남자들, 즉 일벌레나 투자하듯이 돈을 쓰는 남자를 피할 자신이 생겼다면, 이제 다른 유형의 지뢰들에도 눈을 돌려야 할 것이다. 안타깝게도 돈 많은 남자 대부분은 어느 정도까지는 돈이라는 물질이 가지는 문란한 속성의 영향을 받게 마련이며, 완전 비호감은 아니라 하더라도 이렇듯 돈에 너무 물든 남자들 역시 피해야 할 유형에 속한다. 하지만 당신도 보니, 리즈, 린다의 경우처럼 당신을 만나면서 점차 이상적인 남편감으로 다시 태어나거나 돈이 많으면서도 주변 사람들과 더 잘 어울릴 수 있는 남자를 찾을 수 있다. 이들이야말로 당신이 만나야 하는 '제대로 된' 돈 많은 남자라 할 수 있으니, 제발이지 이런 남자와 결혼하기를 바란다.

돈 많은 남자들 중 당신에게 호감을 보일 수 있는 가장 일반적인 타입은 자신이 받은 상속에 대해 죄책감을 느끼는 이들이다. 엄청난 유산을 상속받은 남자에게는 종종 자신의 성공과 명성 대부분이 자신이 일군 것이 아니라 부모로부터 받은 재산 덕이라는 생각이 그림자처럼 따라다닌다. 때문에 이들은 행동에 자신이 없고 조심스러우며 결코 쉽게 돈과 시간을 펑펑 쓰고 다니지 않는다. 이러한 부류의 남자에게는 자신의 가치를 새롭고 긍정적으로 바라봐줄 누군가가 필요하다. 그러니 만약 이들의 부족한 점을 조금만 보완해주고 격려를 아끼지 않는다면 어떤 결과가 나오겠는가? 이들은 놀랄 만큼 발전하여 당신이 꿈에 그리던 백마 탄 왕자와의 결혼을 실현시켜 줄 것이다.

💲 **비글포인트 #06** 타락하거나 소심하거나 약해빠진 남자가 돈이라는 물질이 가진 문란한 속성을 벗어나 긍정적으로 바뀔 때까지 곁에서 지키고 도울 요령을 알고 있는데다 인내심도 짱이다. (돈 많은 남자를 애타게 기다리고 있는 당신이라는 여자가 그럴 수 있는 확률이 얼마나 있을지 스스로를 냉철하게 진단하도록 하자.)

돈은 많지만, 이건 아니다

◉ 자신이 쓸모없다고 생각하는 타입

돈 많은 남자들의 또 다른 특징은 상속받은 재산과 더불어 얻게 된 엄청난 기회에 대한 압력을 견디지 못하는 것이다. 일할 필요도 없고 빠져들 수 있는 취미도 찾지 못한 남자는 종종 자신이 쓸모없다고 느낀다. 많은 유산 덕택에 보통의 일하는 남자가 에너지를 쏟는 직업을 구할 필요가 없으므로, 이들은 살아가면서 다른 방법으로 자신의 존재를 입증할 필요가 있다. 그도 그럴 것이, 유산 상속자들은 대개 남자다운 성격에 진실성까지 겸비한 생활력 강한 부양자의 역할을 잘 못한다.

삶을 의미 있게 만들어주는 직업이 필요치 않다는 문제점에 대응하는 방식도 여러 가지다. 몇 가지 재능이 있는 남자들은 예술가나 학자, 스포츠맨이 될 수 있으며 특별한 재능 없이도 만족스럽게 자신의 꿈을 이뤄갈 수 있다. 어떤 남자들은 변호사 등과 같은 전문직 교육을 받을 수도 있으나 그 수입은 생계를 위한 것이 아닌 지극히 부수적인 것이 될 것이다. 또 어떤 남자들(대개 어린 사람이 이에 속한다)은 눈부신 성공과 자기만족에 관한 압도적인 기대(자기 자신과 다른 이들의 기대)에서 벗어나기 위해 상속받은 재산을 애써 외면한다. 특권층 사람들은 필요한 모든 수단을 동원해 일반인들에 비해 충분히 앞서 나갈 수 있기 때문에, 그렇게 좋은 컨디션에도 불구하고 성공하지 못한다면 영락없는 낙오자로 찍히게 될 것이다. 60년대와 70년대의 반체제 문화(기성 사회의 가치관을 타파하려는 1960-70년대 젊은 이들의 문화)는 이렇듯 갈등하는 많은 젊은 상속인들에게 편리한 피난처가 되어주었다. 이 당시에는 성공이나 돈을 '사악한' 것이라고 생각했기 때문에, 감상에 빠진 많은 젊은 부자들이 상속받은 엄청난 재산과 더불어 짊어지게 된 기대에 부응하지 않고 제 멋대로 살 수 있는 사치를 누렸다.

하지만 상속받은 재산을 외면하고 자신감마저 잃은 이 돈 많은 상속인들이 가족과 완전히 인연을 끊지 않는 한, 대개는 다시 편안한 삶으로 돌아갈 수 있다. 동시에 '아랫사람'과도 관대하게 잘 어울릴 수 있다. 그는 항상 모든 미사여구를 동원해 자급자족하던 자신의 영예로운 과거를 추앙할 것이며 구형 사브^{Saab}를 운전하거나 기름 대신 나무 연료를 사용해야 한다고 주장할 지도 모른다. 그러나 그가 자신의 가정을 꾸려나가도록 이끌어줄 수 있다면 부양자로서의 그의 본능이 곧 깨어나 반체제적인 경향을 극복할 것이며, 당신이 바라던 바대로 점차 생활 방식을 바꾸어 나가게 될 것이다. 그러므로 당신은 그전에는 생각지도 못했던 호화로운 생활을 누리게 될 것이며, 나아가 당신과 새 짝이 살아야 할 세계가 비로소 제자리를 찾게 될 것이다.

💲 비굴포인트 #07 돈이 많다는 이유로 일에 대한 열정이나 생활력이 없는 그를 밑도 끝도 없이 사랑할 자신이 있다. 심지어는 자신이 사회성이 결여된 쓸모없는 존재라고 생각하는 그이의 옆에서 그를 격려하고 칭찬해가며 평생을 함께 놀아줄 수 있다.

이런 남자 절대 피해라!

◉ 원숙미를 대놓고 자랑하는 타입

또 다른 특징을 가진 사람들로는 원숙미를 자랑하는 돈 많은 남자들이 있다. 항상 부유하게 살아온 남자라면 아마도 자신이 원할 때마다 원하는 것은 무엇이든 얻으면서 쾌락을 좇아 살아왔을 것이다. 그의 목표는 항상 편안함을 느끼고 모든 것을 통제하는 것이기 때문에, 여자와의 관계에 있어서도 역시 이러한 위치를 고수할 수 있는 보다 젊은 여자에게 더욱 끌릴 것이다. 그러나 이러한 남자는 사악하기 그지없는 베테랑들이라 돈 때문에 접근한다는 사실을 재빨리 눈치 챈다. 그러므로 이 나이 많은 옹들에게는 솔직해지는 것이 최선의 방책이다. 물론 때에 따라서는 지나치게 솔직한 것이 위험을 불러올 수도 있으니 상대에 따라 솔직해질 필요가 있는지 없는지를 처음부터 확실히 간파해야 한다. 또 한 가지 챙길 것은 그의 자산 정도가 당신이 목표로 하는 부자 잣대에 부합되는지 따져야 한다. 알고 보니 돈도 없는 중늙은이에게 사기당하기 싫다면 말이다.

첫 번째 데이트에서 상대방이 식사 도중에 계속 유명 인사의 이름이나 브랜드를 들먹인다면 그는 분명 부자인 것처럼 보이려고 몹시 애쓰고 있는 것이다. 그것을 파악하지 못하는 다만 돈이 목적인 가식적인 여자들은 그런 것들에는 전혀 신경 쓰지 않는다는 듯이 태연한 척 행동할 것이다. 그러나 당신이 진짜 부자를 만나 결혼하고 싶다면 빠른 시간 안에 이 남자의 통장 잔고가 얼마나 되는지 정확한 증거를 확보해둬야 할 것이다.

비굴포인트 #08   나는 내가 원하는 돈이 얼마 정도인지 정확히 알고 있다. 요는 당신이 원하는 부자의 자산 정도가 얼마인지 정확히 알아야 하는 것이다. 당장 나 하나 풍족히 쓸 돈만 있으면 되는지, 오페라 하우스를 짓고 싶은지, 섬을 하나 사놓고 평생 전 세계 휴양지를 유람하며 살고 싶은지 본인이 원하는 돈의 정도를 모르고 있다면, 돈 많은 척 하는 완숙미를 자랑하는 늙은 옹에게 넘어가고 말 것이다.

이런 남자 절대 피해라!

◉ 돈 많은 척하는 타입

상대가 가지고 있는 재산의 정도와 가치를 알아내는 방법은 많다. 하지만 부유함을 나타내는 몇 가지 외부 요소들에 현혹되어서는 안 되며 이런 것들이 없다고 실망할 필요도 없다. 남자의 부유함을 정확히 측정하려면 우선 그가 최근 벼락부자가 된 졸부인지 아닌지 먼저 확인해 봐야 한다. 그의 옷이나 할 수 있다면 집까지 자세히 관찰해보면 정확하게 판단할 수 있다. 졸부들의 옷은 새것처럼 보일 것이다. 이들은 으레 패션 잡지에서 '유행'하고 '인기'있는 최신 스타일로 차려 입지만 한눈에 봐도 새 옷 티만 날 뿐이다. 애견 미용실에서 멋진 리본을 달고 나온 푸들처럼 으스대며 옷을 입고, 이 옷이 비싸고 세련된 것이라는 것을 확실히 각인시킬 것이다. 반면 부유한 환경에서 자라 그래머스쿨(16세기에 창립되어 라틴어를 주요 교과로 삼은 학교였으나 1944년부터는 시험에 합격한, 학력이 상위인 학생에게 대학 진학 준비 교육을 시키는 중등학교)을 다니며 교복을 입고 넥타이를 매야 했던 남자들은 계속 동일한 스타일의 옷을 입을 것이다. 그래서 어떤 옷들은 닳았을 것이며 지나치게 화려한 옷은 절대 입지 않을 것이다. 다시 말해 그들이 옷을 선택하는 것이지 옷에 가려 그 자신의 광채가 희미해지는 일은 절대 없다. 심지어는 옷으로 인해 자신이 멋져 보이는 것을 혐오스럽게 생각하기까지 한다.

졸부들의 집을 보자. 그들의 집은 대부분 새집인데다 고급 예술품과 가구로 가득 차 있으며 대개 도시나 도시 외곽에 분양된 아파트를 가지고 있을 것이다. 부유하게 자란 남자 역시 대개는 집을 한 채 이상 보유하고 있기는 하지만 모든 집들이 고조부님이 태어나기도 전에 지어진 것처럼 장엄하고 인상적일 것이다. 그는 겨울에 지낼 수 있도록 도시에 집 한 채, 여름 휴가를 위해 시골에 별장 한 채를 가지고 있으며 어떤 경우에는 호기심으로 외국에 집을 사두기도 한다.

🌑 재산의 정도와 가치를 알아채는 방법 하나. 남자의 옷과 집을 관찰하라. 진짜 돈 많은 남자는 겉이 화려하지 않다. 옷이든 집이든 가구든 과시하려는 듯 유행이나 브랜드 혹은 새 것에 연연하지 않는다.

졸부와 뼈대 있는 가문의 차이를 구별하는 것과 더불어, 남자를 한 번 딱 보고 그가 부자인 '척' 하는 것인지 '진짜' 부자인지도 눈치 챌 수 있어야 한다. 던힐 금장 단추가 달린 블레이저를 입는 남자들 중에는 당신이 찾는 부유층이 아닌 남자도 많다. 이 '척' 하는 남자들은 자기 자신과 사랑에 빠져있다. 한편, 플레이보이나 워너비^{Wannabe}(좋아하는 인기인의 외모, 복장 등을 흉내 내며 그들을 영웅시하는 사람)들은 당신을 침대로 끌어들이기 위해 온갖 감언이설로 당신을 꾈 것이다. 그리고 출세주의자들은 자신의 성공을 위해 당신을 이용할 것이며, 일단 목표를 달성하고 나면 당신을 헌신짝처럼 차버릴 것이다. 또한 크리프^{Creep}(섬뜩한 이야기나 행동으로 다른 사람을 놀라게 하는 것을 좋아하는 사람)들은 당신이 위협을 느끼거나 위험한 악몽을 꾸도록 만들기 위해 안달이 나 있다.

세련미나 매력이 너무 과하다든지 현란한 소비 습관이 있는 남자, 연예인들만이 소화할 것 같은 이태리식 의상을 주로 입으며 모든 것을 짜 맞춘 듯한 가식적인 남자, 유명 인사나 브랜드를 들먹이거나 번쩍번쩍하는 금니를 드러내는 남자들은 허장성세에 안간힘을 쓰고 있는 것이다. 이 모든 것들이 당신에겐 적신호이다.(헤벌레하며 빠져들지 말고 정신 차려야 하는 순간인 것이다.) 이 대목에서 두 개 이상의 적신호가 감지된 것도 모라자, 과시하는 듯한 자동차를 타고 두 번째 데이트에서 자고 가라고 요청하는 남자라면 결말은 뻔하다. 이들이 당신이게 가장 절박하게 갈구하는 것은 '원나잇스탠드'나 짧은 외도일 뿐이다. 당신을 신붓감으로 진지하게 바라보기는커녕 이기적인 성취감을 이루고 즐기려는 천박하고 개념 없는 사기꾼일 뿐이다.

일반적으로 말해 메르세데스 벤츠를 모는 남자들이 BMW를 모는 남자들보다 사기꾼일 가능성이 더 적으며, 오메가를 찬 멋진 남자가 롤렉스를 찬 남자보다 더 구매력이 있다고 보면 된다. 미혼 남자의 경우, 처치나 존 롭을 신은 남자는 브루노 말리나 구찌를 신은 남자보다 더 현실적이며, 토마스 핑크 셔츠를 입은 남자가 베르사체를 입은 남자보다 진품일 가능성이 더 높다. 진짜 돈 많은 남자는 '오늘도 좋은 하루!'라는 마음가짐으로 아침 일찍 침대를 박차고 일어나며 전화벨이 한 번 울리자마자 받는다. 반면에 젠체하는 남자들은 대개 모든 전화를 받지 않고 주로 한밤중에 업무(그 '업무'가 저질이든 아니든 간에)를 본다.

때로 당신은, 값 비싼 옷은 많이 가지고 있지만 그가 말한 것처럼 정말 부자인지 의심이 가는 남자와 만나게 될 것이다. 편안한 분위기가 무르익으면 그가 진짜 돈이 많은지 무심코 물어보아라. 만약 그가 "어떤 것을 부유하다고 말하는지에 따라 다르지요."라고 대답한다면 열의 아홉은 헛물을 켠 것이다.

🌑 재산의 정도와 가치를 알아채는 방법 둘· 말씨나 행동, 태도에서 남자의 허장성세 여부를 감지할 것! 이기적인 성취감 때문에 당신을 이용하는 쓰레기들은 뭘 해도 티가 나게 되었다.

💲 비굴포인트 #09　　진짜로 돈 많은 남자를 걸러내는 식견과 본능적 감각이 있다. 겉보기에 돈이 있어 보이는 남자가 가짜 부자인지 진짜 부자인지를 구별해내기 위해 안테나를 항시 민감하게 작동시키고 있어야 하는 것은 기본이고 진짜 부자의 겉모습, 애티튜드를 가려낼 수 있는 안목을 길러야 한다. 본인의 취향 역시 고급해야 한다는 것은 말하지 않아도 알 것이고…. 남자의 재산 정도와 그 가치를 분석하는 데 소질이 없는 여자들은 있는 '척'하는 남자들에게 당하기 십상이다.

타깃男 프로필
변호사

나이 : 31세

키 : 182cm

몸무게 : 79kg

취미 : 골프, 승마, 테니스

순자산 : 170만 달러

허슬^{Hustle} 씨는 컨트리클럽에 잘 어울리며 자신의 고객과도 좋은 관계를 맺을 수 있는 여자를 찾고 있다. 모름지기 변호사의 아내라면 사업에 있어서 사무 관계뿐 아니라 사교적인 만남도 중요하다는 것을 인지하고 있어야 한다. 그는 위험을 감수하는 것을 두려워하지 않는 강한 여자를 좋아하지만 기존의 이상적인 아내상에도 어긋나지 않는 사람을 골라야만 한다. 야망 있는 변호사에다가 특히 평생 함께 할 반려자를 찾고 있는 경우라면 당신은 이들을 만날 때 얌전한 옷을 입어야 하며 운동복을 제외한 모든 옷은 나일론 소재여야 할 것이다. 조신하게 보이되 예리한 인상을 남겨라. 또한 그가 자랑스러워하는 칵테일 만드는 기술을 세련된 방법으로 칭찬할 줄 알아야 하고, 자존심이 상할 말은 절대 해서는 안 된다.

변호사 미니 인터뷰

Q. 왜 아직도 혼자세요?

A. 급할 게 뭐 있겠습니까?

Q. 어떤 스타일의 여자를 좋아하세요?

A. 글쎄요. 전 여자의 있는 그대로를 좋아합니다. 이름, 주민등록번호, 레벨 등은 중요하지 않죠. 배경이나 자격 등은 제게 문제가 되지 않습니다. 하지만 오해는 하지 마세요. 저와 결혼할 여자는 성공한 변호사의 아내 역할을 해

야 하며, 400명이 모인 축제에서나 고객과의 부부 동반 저녁 식사 모임에서도 현명하게 대처할 수 있어야 합니다. 물론 제가 초트Choate(미국 명문 사립학교) 학생이었을 때에는 엉뚱함도 귀엽게 봐줬지만 더 이상은 아닙니다. 설사 지금 그런 여자에게 끌린다 하더라도 절대 결혼은 안 하죠. 저는 저의 정해진 생활 방식에 잘 어울릴 수 있는 여자를 찾고 있습니다. 저는 제 레벨에 딱 맞는 집과 차를 가지고 있으니 여자도 이와 마찬가지여야겠죠. 브루클린 출신이어도 상관은 없지만 외모나 태도는 그로스 포인트 티가 팍팍 나야 합니다.

Q. 어느 정도 조건이 되어야 결혼하실 건가요?

A. 모든 변호사가 아내로 꿈꾸는 여자를 만났을 때요.

Q. 이전의 여자들과는 얼마나 오래 연애하셨나요?

A. 몇 시간에서 몇 년까지 다양하죠.

Q. 한 번에 두 명 이상의 여자를 만나기도 하나요?

A. 그건 말 못하겠는데요.

Q. 어떤 방법으로 여자를 만나나요?

A. 일과 관련한 기회로 만나거나 결혼식 피로연, 칵테일파티 등에서 만납니다.

in Korea

타깃男 프로필
피부과 의사

나이 : 37세

키 : 176cm

몸무게 : 70kg

취미 : 골프, 수영

순자산 : 80억

Q. 왜 아직도 혼자세요?

A. 아직 결혼할 여자를 만나지 못했기 때문이겠죠. 결혼하지 않고도 충분히 즐겁다고 생각하는 것도 문제라면 문제겠지요.

Q. 어떤 스타일의 여자를 좋아하세요?

A. 차분하면서도 추진력 있는 여자가 좋아요. 너무 나대는 여자는 거부감이 생기지만 자신의 분야에서 세련되게 목소리를 낼 수 있는 여자에게 끌리는 것 같아요. 적당한 추진력으로 제게도 활력을 주고 서로의 관심사에 대해 토론할 수 있는 여자가 매력적으로 다가옵니다. 일 할때든 일상에서든 매사에 차분하고 교양 있는 여자가 좋습니다. 전투적인 여자는 정말 싫어요. 전투적인 태도 자체가 촌스럽게 느껴집니다.

Q. 어느 정도 조건이 되어야 결혼하실 건가요?

A. 누가 봐도 제 짝으로 딱이다 느낄 수 있는 여자와 평생 한 침대를 쓰고 싶을 때요.

Q. 이전의 여자들과는 얼마나 오래 연애하셨나요?

A. 저는 한 눈에 반하는 타입이라서 만나가면서 그 사람의 면모를 하나하나 알아가게 되는 편인데요. 그래서 그런지 연애를 길게 못하는 것 같습니다. 일년 정도 만난 여자가 가장 오래 만난 여자인 것 같은데요.

Q. 한 번에 두 명 이상의 여자를 만나기도 하나요?

A. 그럴 만큼 시간이 많지가 않네요.

Q. 어떤 방법으로 여자를 만나나요?

A. 친인척이나 친구들이 소개해주는 경우가 많아요. 동창들이 주최하는 싱글 파티나 해외출장 중에 만나게 되는 경우도 있습니다.

How to 03 Marry Money

상류층 사람
진단하기

;응용 편

나는 부유하게도 살아보았고
가난도 겪어 봤어요.
나를 믿어요, 허니~,
부유한 게 훨씬 좋아요.

__ 소피 터커 Sophie Tucker

세.

계.

모.

든.

국가들이 그러하듯이 미국의 최상류 계급 역시 돈 이상의 엄청난 것들을 가지고 있다. 이들은 대개 조상 대대로 내려오는 엄청난 재산을 소유하고 있다. 진정한 미국 귀족 가문은 그 혈통이 8~10세대까지 거슬러 올라가 그 권력이 지금의 그것보다 다소 약했던 식민지 시대까지 그 찬란한 행보를 이어간다. 이들은 자기네 부류끼리 모여 살고 그들만의 학교를 다니며 끼리끼리 결혼한다. 즉, 이들은 일반인이 상상하기도 힘든 '딴 세상'에 살고 있는 것이다.

아마도 이 책을 읽는 당신은 이러한 집단에서 거의 소외되어 살아왔을 것이다. 하지만 당신은 이 정통한 부유층 사람들의 전통적인 생활 방식에 대해서도 알아둬야 한다. 왜냐? 이제 접촉하게 되는 사람들, 즉 소위 말하는 부자들, 전문직 종사자들, 졸부들 등 이른바 돈 좀 있는 사람들은 기본 매너를 정통한 부자들한테서 찾으니 말이다.

다음 몇 장에서 설명하는 내용은 복잡한 상류층 사람들의 태도와 방식을 단지 일부만 보여줄 수 있을 뿐이다. 그러므로 상류층 사람들의 실제 모습에 대해 더 자세히 알고 싶다면 다른 참고 자료들도 적극적으로 읽어봐라. 상류층 사람들의 생활상이나 그들의 권력관계, 캐릭터 등은 성공을 갈망하는 작가들의 단골 소재가 아니던가. 최고의 인기를 얻은 영문 소설 중 상당량이 가장 고상한 사회 집단이 즐기는 생활 방식에 관해 서술하고 있다. 빅토리아 여왕 시대나 에드워드 왕 시대, 전후戰後 시대의 소설들은 상류계층의 생활상을 엿보는 데 유용한 자료가 될 수 있다. 특히 헨리 제임스Henry James와 F. 스콧 피츠제럴드F. Scott Fitzgerald의 책은 부유한 엘리트층에 대한 통찰로 가득하다. 물론 이 외에도 여러 작품의 소재가 되어 상류층 사정을 훤히 알 수 있는 록펠러Rockefeller家, 밴더빌트Vanderbilt家 등의 집안들도 항상 나온다.

🌑 **상류층 사람들의 태도와 방식을 엿볼 수 있는 영화·소설**　미국과 영국의 고전 소설 특히 빅토리아 여왕 시대, 에드워드 왕 시대, 전후시대의 소설 중에 상류층 사람들의 생활상을 엿볼 수 있는 것들이 많다. 명문가의 로맨스와 권력을 배경으로 펼쳐지는 다양한 작가들의 작품들을 배우는 자세로 읽으면 될 것이다. 상류층 생활을 배경으로 한 고전 영화들도 마찬가지다.

⚫ **In Korea**　우리나라의 경우 가문 소설류의 작품들이 있기는 하나, 이조시대 여자의 생활상을 배울 수는 없으니, 현시점에서 극상류층 생활을 다루는 영화나 소설이 많지 않은 편이라 하겠다.(작가들이 극상류층 집안의 생활을 들여다볼 수 있기는 있을까 싶을 정도로 자기들 끼리끼리의 폐쇄적인 문화를 자랑하는 그들이다.) 간혹 드라마에서 부자 주인공들의 말씨나 행

동, 집이나 패션 등 생활상이 나오기도 하는데, 그런 건 절대 참고하지 말자. 진짜 부자들의 생활에 대해 잘 알고 쓴 경우는 극히 드물다. 책 뒤 쪽 (P.145)에 몇 가지 참고문헌과 비법이 나와있다.

🪙 **비굴포인트 #10** 내가 그동안 살아오며 가지게 된 기질이나 성향을 모두 버릴 수 있다. 상류층, 부자들이 좋아하는 방식에 맞춰(열공을 통해) 나를 겉부터 속까지 완벽하게 재정립할 것이다.

성공 스토리 ‚

고급한 취향으로 상류층에 어필하라!

"저는 테러핀 포크(북미산 식용 거북으로 만든 포크)를 사용하는 법을 배웠답니다." 영국 본토에서 온 가냘픈 금발 머리 집사의 딸 제니Jenny가 발랄하게 말한다. 누가 봐도 매력적인 그녀는 미국에서 휴가를 보내는 동안 보스턴 퍼블릭 가든Boston Public Garden에서 뉴잉글랜드의 명문가 출신 남자를 낚아챘다. 제니는 한 둑에서 자신의 짝을 만났다. 그가 점심시간에 알링턴 스트릿Arlington Street에 있는 공원을 산책하고 있을 때 제니가 날리던 연의 줄이 그가 보고 있던 법률 문서에 걸리고 말았던 것이다. 그가 자신의 서류에서 연 줄을 풀어 돌려줄 때 그녀는 "감사합니다"라고 말했다. 그이의 눈을 부끄럽게 바라보며 아주 매력적인 자세로….

이들이 도시의 오래된 리츠 칼튼 카페Ritz-Carlton Cafe에서 칵테일과 조개요리를 즐긴 지 얼마 지나지 않아 제니는 그녀의 멋진 왕자님이 엄청난 재산을 상속받은 행운아라는 사실을 알아냈다. 게다가 그는 국내 배드민턴 세계에서는 정평이 나 있었으며 묘피아 헌트 클럽Myopia Hunt Club(US 오픈 대회 장소로 지정된 곳을 살펴보면 유구한 역사와 함께 웅장한 면모를 갖추고 있다)에서 승마하는 것을 무척 좋아했다.

이들의 연애 기간 동안 제니는 에섹스(코네티컷 주), 패어필드(코네티컷 주), 웨스트 체스터(뉴욕 주)(우리나라의 강남 지역과 같이 부유한 지역) 등에서 열리는 부유층들의 끝없는 주말 홈 파티에 초대받았다. 그럴 때마다 그녀는 매번 칭찬받을 만큼 훌륭한 선물을 준비하여 이 파티들에 참석했다. 사실 제니가 파티 호스트와

호스티스를 위해 가져간 은 식기류는 영국 에든버러에 있는 아버지의 주인집 식료품 저장실에서 가져온 것이었다. 비록 훔친 것이긴 했지만 그보다 현명한 처사는 없었다. 왜냐하면 그녀의 애인이 파티 중 에섹스^{Essex}에 있는 그리스월드 호텔^{Griswold Inn}에서 올해 마지막 주말을 함께 보내자는 말을 갑자기 꺼냈기 때문이다.

"꼭 그럴게요." 제니는 눈을 아래로 지그시 내리깔며 대답했다. 왈츠 음악이 흘러나오고 있었으며 벽난로는 따뜻하게 활활 타오르고 있었다. 밴드가 음악을 연주했다.

---

in Korea

우아함은 타고 나는 것?!

"부잣집에서 고이고이 자라신 저희 엄마가 제 결혼에 가장 큰 공을 세우신 거죠." 부잣집 둘째 딸이었던 은아 씨의 엄마는 고학생과 결혼해서 집에서 거의 쫓겨 나다시피 결혼한 케이스. 은아 씨의 아버지는 가난한 고학생으로 사법고시를 10년 넘게 치르시다가 결국 사업을 하신다고 나서서는 있는 돈을 다 말아 드신 그야말로 무능력한 남자의 표상이었다고 한다. 그러나 그녀의 엄마는 그 와중에도 은아 씨에게만은 최고급의 것들을 해주려 애쓰셨고, 그 덕에 지금의 은아 씨는 어디에 내놓아도 귀티가 좔좔 흐른다. 공부도 잘했던 은아 씨는 국내 최고의 대학을 졸업하고 국내 탑 매거진의 패션에디터로 활약했다. 어느 날인가 일상에 너무 지쳐있던 그녀는 취재원의 빽을 이용해 충북 쪽에 회원전용 콘도에서 휴식을 갖기로 했다. 그곳은 어떤 부자가 자기 친인척들과 놀려고 만든 개인 별장 같은 콘도라서 몇몇의 제한된 회원들만 이용할 수 있다. 워낙에 귀티가 흐르는 그녀가 그곳의 뜰을 거니는 모습을 상상해보라. 마치 그곳에 원래 살고 있었던 사람인 냥 경관과 잘 어울리는 은아 씨. 책을 읽고, 노트에 그림도 그리고, 글도 쓰고, 음악을 들으며 뜰을 거닐고, 그녀에게 그 시간은 온전한 휴식이었다. 그런 그녀를 은밀한 눈길로 주시하던 건 그 콘도 주인장의 아드님. 지적인 이미지와 특유의 교양 있는 분위기에 홀딱 반한 그는 은아에게 다가가 말을 건넨다. "오늘 저녁 식사에 초대해도 될까요?"

돈 많은 남자들이 졸업한 "의외의" 5개 대학
놀랄 준비들 하세요!

뱁슨 경영 대학 Babson College
베이츠 대학 Bates College
옥시덴탈 대학 Occidental College
롤린스 대학 Rollins College
웨이크 포레스트 대학 Wake Forest University

저명인사들을 여럿 배출한 수준 높은 대학들.
우리가 흔히 알고 있는 미국의 명문대와는 달라도 너무 다르다. 진짜 놀랍다.

in Korea

말 안 해도 알 수 있는 국내 1위 대학, S대. 한국에서 상류층으로 굳건하게 자리를 굳히기 위해 S대 동문들의 막강한 권력이 필요한 경우 그곳의 졸업장을 따기도 한다. 그러나 거의 대부분의 진짜 부자 자제들은 대학 교육을 국내에서 받지 않는다. 한국에는 위처럼 부자들이 나온 의외의 대학도 없을 뿐만 아니라 상위 5개 대학에서 얼쩡거리며 그를 만나려면 공부를 아주 잘해야 한다.
덧붙이는 말 S대 모 전공 동호회, L 사립 초등학교의 강남지역 동호회가 활발하며 미국 대학 출신들의 동호회나 커뮤니티가 강한 결속력을 가지고 있다.
___ S대가 대학이냐며 빈정거리는 모 기업 셋째아드님 Y씨 제보. 하버드대 졸업.

부유층 자제들 완벽 해부

최상류 계층을 관찰하는 것은 실질적으로 어려운 일이다. 상류층 사람들은 쉽게 다른 사람과 교제하려 하지 않기 때문이다. 이들은 대개 이름을 알리지 않고 사는 것에 만족하며, 교제하고자 하는 사람들과만 연락한다. 물론 이들도 분명 우리와 마찬가지로 먹고 사는 현실 문제에 빠져 살긴 하지만, 절대 자신을 괴롭힐 만큼 깊게 빠져들지는 않는다.

◉ 01. 친절하고 엄격하다

많은 사람들이 생각하는 것과는 달리 진정한 상류층 사람들은 더할 나위 없이 친절하다. 이들은 신뢰할 만한 사람들인데다 절대 남을 속이지 않고 항상 자신의 행동에 대해 깊이 생각한다. 이들은 항상 예의바르고 관대한 면을 보인다.(문제는 그들이 상류층 사람들끼리만 교제하는 습성이 있다는 것이겠지만…) 하지만 그들의 이미지는 이런 성향과는 반대로 보여진다. 오랫동안 풍족함을 누린 사람들은 자기중심적이며 무신경하고 민주적이지 않다는 인식이 팽배한 것. 게다가 냉혹하기 그지없는 거만하고 깐깐한 사람들이라는 이미지가 더 보편화되어 있다. 한 개인의 특성을 그 전체 그룹의 특성으로 파악해버리는 건 각 구성원들의 자질을 크게 오해하는 결과를 불러일으키는 위험한 사고다. 그러니 이제 우리는 부유한 사람들에 대한 인식을 재정비할 필요가 있겠다.

그렇다고 하더라도 미국 최상류층 사람들이 공통적으로 가지고 있는 특징이 한 가지 있긴 하다. 이들의 성격은 한마디로 말해 엄격하다는 것이다. 이들은 전통적인 가치를 고수한다. (호화로운 생활을 영위하는 유럽 귀족 계급의 무책임한 행동을 절대 하지 않는다.) 미국 귀족들은 황량한 대륙에서 문명 생활을 시작한 이후로 이제 10세대 정도 지났을 뿐이다. 아이러니하게도 순수 유럽 귀족들은 삶을 바로 세우기 위해 투쟁해야 했던 고난과

역경을 수백 년 전에 이미 잊어버렸지만 미국 상류층은 그 중 가장 수준이 낮은 사람들조차 그 정신을 이어오고 있다. 가장 오래된 전통을 자랑하는 미국 혈통들은, 남자는 유능하며 심신이 건강해야 한다는 전통적인 가치를 여전히 고수하고 있다.

유서 깊은 미국 부유층은 호화로운 생활에 빠져 다른 문제들은 망각해버린 신생 부유층들과는 다르다. 전통 있는 부유층 사람들의 집은 물론 좋은 물건들로 가득 차 있겠지만, 그중 가구들을 보면 상류층의 물건이라고 보이지 않을 정도로 단순하다. 그들의 세간은 현대식 가구의 기능성보다는 그야말로 고풍스러운 특색으로 주목을 끈다. 오랜 세월 그 자리에 있었던 이 세간들은 가문의 상징이자 나의 역사이기도 하니 단지 몸이 편하자고, 혹은 최신 유행을 따르려고 이것들을 바꿔버릴 만큼 가벼운 사람들이 아니다.

부자들에게 안락함 따위는 중요한 사항이 아니다. 안전한 생활 테두리 내에서만 지내온 그들에게는 사실 위험한 상황을 만끽하는 것도 꽤 짜릿한 기분 전환 거리인 것이다. 예컨대 무시무시한 양육강식의 정글, 말도 안 되게 추운 산 정상 혹은 바싹 마른 사막을 기꺼이 견디어 내며 여행하는 그분들은 거의 부자들이시다.

◉ 02. 대담하되 무모하지 않다

극상류층 사람들은 위험한 환경을 잘 헤쳐 나가는 것 이외의 다른 방법으로도 자기 자신을 충분히 증명할 수 있다. 이들은 대개 자신의 요트(아무리 큰 것이라도 겁내지 않고)를 운전하고 자신의 비행기(아무리 빠른 비행기라도 무서워하지 않고)를 조종한다. 또한 이들은 종종 전문가답게 요리를 하거나 정원을 가꾸고, 큰 개 때문에 겁먹지 않는다. 어린 소녀들마저도 위엄 있는 말을 고삐 하나로 세울 수 있는 능력을 충분히 과시하곤 한다. 상류층 사람들은 자기에 대한 자신감을 표현하고자 이런 대담한 행동을 한다. 즉 이런 자신감은 '인생은 즐기는 것'이라는 그들의 마인드에서 우러나오는 것! 이렇듯 유서 깊은 부유층들은 언제 어디서나 기쁨을 찾고자 한다.

　게다가 이들은 중산층보다 확실히 유행이나 지위에 덜 집착한다. 상류층 사람들은 간단하고 정갈하며 유쾌한 방식으로 즐거운 경험을 만끽하는 것이다. 예컨대 상류층의 옷장에는 짝퉁 알파카 골프 스웨터가 떡 하니 걸려있는 법이 없다. 자신이 편안한 생활을 하고 있다는 것을 남들에게 과시하기 위해 자신을 치장할 필요가 전혀 없다고 느끼기 때문이다.

◉ 03. 반항기어린 부유층 괴짜들을 조심하라

극상류층 사람들이 가장 떠들썩하게 연애 행각을 벌이는 때는 주로 사춘기 이후다. 이들은 마음껏 유흥 생활을 즐길 만큼 돈과 에너지가 넘쳐나기 때문에 반짝반짝 빛나는 최신형 자동차를 모는 것을 즐기며 야회복을 입은 채로 수영을 하는 스릴을 만끽한다. 사람들은 에너제틱한 이 부자들과 이들의 유쾌한 생활 방식을 좋아하기도 하고 때론 방탕함을 혐오하기도 한다. 하지만 최근 상당수의 젊은 부유층 사람들은 이 모든 특권 행위를 내던지려는 황당한 짓을 하고 다닌단다. 전통을 고집

하는 부자 사회의 젊은 자제들이 달라졌다. 선조들이 고수하던 습관과 가치 대신 뻐기고 젠체하는 우스꽝스러운 가식을 선택한 것이다. 예컨대 이들은 무역 상인들에게 알랑방귀를 낀다거나 마약상들의 똘마니가 되는 등과 같이 자신의 지위를 확 떨어뜨렸다. 당신은 흰색 넥타이와 연미복을 갖춰 입은 사기꾼과 결혼할 가능성이 높은 만큼 판초(남미 원주민들이 입는 일종의 외투)를 쫙 빼입은 반항아들 중 한 명을 심심찮게 만날 수 있을 것이다. 부유층 자제지만 이들이 당신에게 쓸 돈은 한 푼도 없을 것이다. 심하게 반항하는 부유층 자제들은 대개 상속권을 완전히 박탈당했거나 그야말로 최저생활비만으로 살고 있다. 당신이 실제 상류층 사람들의 진정한 특징을 이해하려면 이러한 젊은 반항아들의 탈선행위는 무시해야겠지만 실제로 당신 주변에 이러한 부자 반항아들도 꽤 존재한다는 사실도 명심하도록!

상류층에는 불만을 가득 품은 젊은이들뿐만 아니라 다른 특이한 사람들도 많다. 지갑이 두둑한 사람들 중 괴팍스러운 사람은 계층, 계급과 무관하게 그야말로 괴짜 중에 괴짜이며, 이들의 우스꽝스러운 행동은 종종 세간의 이야깃거리가 된다. 이 괴짜 상류층 사람들의 괴팍함에만 초점을 맞추지는 말자. 그 대신에 전통 있는 부유층이 고수하고 있는 기본적인 가치관에 집중하도록 한다. 전형적인 품위를 갖춘 진짜 부유층 사람들은 온갖 부자들과 졸부들이 끊임없이 연구하는 모델이므로….

여기에 그 이름을 거론한다고 해서 당신이 하루 아침에 조상 대대로 재산을 물려받은 집안에 며느릿감으로 들어갈 수는 없겠지만, 준비만 제대로 한다면 그 으리으리한 저택에 발을 들여놓을 수도 있을 것이다. 아니, 최소한의 예법만 학습한다면 당신도 얼마든지 다음과 같은 집안의 며느리가 될 수 있다.

💲 **비굴포인트 #11** 부자들의 사고방식이나 생활방식의 리얼한 형체를 정확히 알고 동조하는 것은 물론이고 집안에서 내놓은 거지 부자들까지 정확히 걸러낼 수 있다.

Ⓐ Addams, Amory, Astor
Ⓑ Bacon, Barlow, Biddle
Ⓒ Carnigie, Case, Cushing
Ⓓ Davis, Duke, Dupont
Ⓔ Englehart, Ewing
Ⓕ Fairbanks, Ford, Forbes
Ⓖ Gardiner, Gates, Gimbel
Ⓗ Hamilton, Hancock, Harriman
Ⓘ Isles, Ives
Ⓙ Jennings, Jessup, Johnstone
Ⓚ Kellogg, kingsbury, kittredge
Ⓛ Lodge, Loeb, Logan
Ⓜ Mellon, Minton, Moffet
Ⓝ Neff, Newhouse, Newton
Ⓞ Ostorn, Owen, Owenburg
Ⓟ Paley, Pell, Phipps
Ⓡ Ridder, Rockefeller, Rutherford
Ⓢ Schiff, Schuyler, Stamm
Ⓣ Talley, Thaw, Tree
Ⓤ Underhill, Underwood, Upton
Ⓥ Vallance, Vanderbilt, Vreeland
Ⓦ Westinghouse, Whitney, Windsor
Ⓨ Yardley, Young
Ⓩ Zane, Zising

In Korea　　　우리나라도 분명 명문가문이 존재한다. 그러나 역사적으로 풍파가 심했던 나라라서 어느 시점부터 명문가를 추려내야 하는지에 대한 논란이 많다. 혹자는 이조시대 이후부터 부와 명망을 쌓은 가문을 말하기도 하고 혹자는 노블리스 오블리제를 행하는 철학이나 신념, 품위를 기준하자고 하기도 하고, 고택이 있거나 인물을 배출했거나 하는 식으로 따지기도 한다. 이를테면 서울 안국동의 윤보선 집안 등이 통상의 기준에 들어맞는 명문가문일 것이다. 그러나 이 책의 목적은 그런 사람들의 '성향'을 알아보자는 것이니, 전통 명문 가문의 학술적이고 객관적인 정보를 원하는 분들은 따로 공부하시길…(논문, 단행본, 잡지 칼럼 등을 참고하라!). 그런데 최근 들어 부자들의 결혼트렌드가 전통 있는 가문 여부를 따지는 쪽으로 바뀌어가고 있는 제보가 있다. 돈 많은 남자를 찾는 약간 함량 모자란 여자들만 더 힘들어졌다.

__오랜 정치인 가문의 후손 '성북동 비둘기님' 제보.

타깃男 프로필

세계적인 해적판 제작자(표절자, 저작권 침해자, 무허가 방송자 등)

나이 : 49세

키 : 190cm

몸무게 : 85kg

취미 : 그랜드 케이먼 아일랜드Grand Cayman Island(서부 카리브해의 럭셔리한 섬)같은 곳에서 도박하기, 도박판 물주 되기

순자산 : 2억 달러

당신은 부패한 자본가들을 약삭빠르게 속여먹거나 관료주의자들을 괴롭혀 돈을 버는 다소 미스터리한 부자의 격렬한 열정에 스릴을 느끼는가? 그렇다면 이들도 때로는 전쟁 같은 현실에서 벗어나 휴식을 취하고 활력을 찾으려 한다는 사실을 유념해라. 이때가 바로 당신이 행동에 옮겨야 할 때이다. 그가 치열

한 생존 싸움에서 한 발 물러서 있는 동안에는 감정적으로 훨씬 더 나긋나긋해질 테니 말이다. 세계적인 해적판 제작자가 당신을 가까이 두기까지는 시간이 좀 걸릴 수도 있으나 일단 그가 당신을 곁에 두기만 하면, 그는 상대에게 가장 관대하고 이해심 많은 자유로운 방랑가라는 사실을 깨닫게 될 것이다. 물론 그가 다소 거칠 수도 있지만 그 역시 인간이고 게다가 부자다.

세계적인 해적판 제작자 미니 인터뷰

Q. 왜 아직도 혼자세요?

A. 사람에게 속는 것이 두렵거든요.

Q. 어떤 스타일의 여자를 좋아하세요?

A. 정숙한 스타일이요. 영리하고 친절하면서, 자신의 주장을 관철시킬 줄 알고 다른 사람을 돕는 일에서 만족을 느끼는 여자면 좋아요.

Q. 어느 정도 조건이 되어야 결혼하실 건가요?

A. 내가 한 사람으로서 성장하고 변화하도록 도울 수 있는 여자를 찾으면요.

Q. 이전의 여자들과는 얼마나 오래 연애하셨나요?

A. 한 1년 정도요. 4개월은 푹 빠져 지내다가 그 다음 4개월은 의심을 하기 시작했고, 마지막 4개월은 고통과 혼란으로 보냈습니다. 1년 전쯤 한 대학생과 사랑에 빠졌었습니다. 그녀는 젊고 총명해서 제게 새로운 장소들과 사람들, 심지어 새로운 감정까지 알게 해줄 것이라 생각했지요. 하지만 그녀는 사실 시시한 스릴감을 느끼는 대상에 지나지 않는다는 것을 알았죠. 그것도 아주 비싼 스릴감이요. 다시 말해 결혼 상대는 아니었습니다.

Q. 한 번에 두 명 이상의 여자를 만나기도 하나요?

A. 저는 감상적인 사람이라 한 사람에게만 충성합니다.

Q. 어떤 방법으로 여자를 만나나요?

A. 대개 고속 차선에게 충돌 사고로 만나게 됩니다.

타깃男 프로필

영화사 대표

나이 : 39세

키 : 176cm

몸무게 : 74kg

취미 : 도박, 수상스키, 스키, 국내에서 즐기기 힘든 익스트림 스포츠

순자산 : 420억

Q. 왜 아직도 혼자세요?

A. 저를 편하게 해주는 여자를 못 만났어요. 사실 여자가 귀찮아요.

Q. 어떤 스타일의 여자를 좋아하세요?

A. 예쁘고 착하고 놀 줄 알고 현명한 여자? 한 마디로 완벽한 여자요. 최근에
   압구정동의 모 클럽에서 모델을 한 명 만났는데, 그녀는 그야말로 제가 찾
   던 완벽한 여자였어요. 그런데 어느 날 제게 패션사업을 하겠다며 사업계획
   서를 가져오더군요. 그것까지도 사랑으로 감싸지지는 않더군요. 욕망이 지
   나친 여자는 싫어요.

Q. 어느 정도 조건이 되어야 결혼하실 건가요?

A. 여자의 돈이나 능력을 따지지는 않지만 제가 가진 것을 세련된 방식으로 누
   릴 줄 아는 여자면 되요.

Q. 이전의 여자들과는 얼마나 오래 연애하셨나요?

A. 길게는 일 년, 짧게는 하루.

Q. 한 번에 두 명 이상의 여자를 만나기도 하나요?

A. 한 쪽이 식어가고 있을 때 또 다른 한 쪽의 사랑이 다가오면요.

Q. 어떤 방법으로 여자를 만나나요?

A. 주로 저녁시간에 놀다가 만나는 편이죠. 그렇다고 즉석 만남 이런 건 아니
   고요, 여럿이 모여 놀기를 좋아하는 편인데, 함께 놀던 친구들이 이리저리
   수배해서 모은 여자들 중에 찌릿하게 되는 경우가 많아요.

How to 04 Marry Money

돈 많은 남자들이 잘 가는 곳

현자여, 날 즐겁게 해주고,
부자여, 날 먹여 살려라!

_사무엘 존슨Samuel Johnson

현.

재.

돈.

많.

은.

남자들과 만나기 위해 온갖 사교 모임을 헤집고 다니는 중이라면, 그렇지 않은 사람보다 이들 중 한 명을 낚을 확률은 훨씬 높아진다. 하지만 지난 오랜 시간 돈 많은 남자들이 당신의 눈에 한 마리도 띄지 않았다면, 이들과 만나기 위해 좀더 적극적인 프로그램을 짜야 한다. '제발 한 명만 나타나라'는 식으로 무조건 기다리면서 시간을 낭비하지 마라.

돈 많은 남자를 찾아나서는 적극적인 방법에는 두 가지가 있다. 첫 번째는 부유한 솔로 남자를 소개시켜 줄 수 있는 사람들과 만나기 위해 적극적으로 인맥을 넓히는 것이다. 두 번째는 더 직접적인 방법으로, 부유한 미혼 남자의 이름과 주소를 알아내고 치밀하게 이들 한 명 한 명에게 접근해 계획적으로 당신을 알릴 기회를 포착하는 것이다.

전형적인 인간관계에 기초한 첫 번째 방법을 사용하다 보면 때로 소외감을 느낄 수도 있으며, 시간이 많이 소요될지도 모른다. 동기가 순수해 보이도록 하기 위해 당신이 실제로 해야 할 일은 스스로 입신출세하는 것이다. 하지만 성공하기까지 많은 장애가 있을 것이며 당신이 상상한 것 이상으로 기만과 모욕을 느낄지도 모른다.

두 마리 토끼 한 번에 잡기
럭셔리 스파 즐기기

모든 사람이 다 스파를 즐기는 것은 아니지만, 당신이 만약 시간적, 금전적 여유가 된다면 다양한 건강식을 제공받고 운동을 즐기면서 여가를 즐기게 해주는 스파 여행 중 하나를 예약해보는 것도 좋을 것이다. 다음은 몸매도 가꾸면서 동시에 많은 돈 많은 남자도 만날 수 있는 유명한 남·여 혼용 스파 네 곳이다.

캐년 랜치Canyon Ranch 스파 - 애리조나 투싼, 메사추세츠 레녹스
1-800-742-9000

골든 도어Golden Door 스파 - 캘리포니아 에스콘디도
1-800-424-0777

미라발 라이프 인 발란스 리조트 앤 스Miraval Life in Balance Resort & Spa - 애리조나 투싼
1-800-232-3969

란초 라 푸에르타Rancho La Puerta 스파 - 멕시코 바하칼리포르니아주 테카테
1-800-443-7565

in Korea

국내 호텔 스파에는 주로 나이든 부잣집 아줌마들이 모여 계신다. 강남 일대의 고급 스파도 있지만 여탕이라고…. 그러니 위에서 설명하는 바로 그 분위기를 즐기고 싶다면, 해외로 나가라! 꼭 미국이 아니어도 좋다. 럭셔리 스파가 있는 리조트나 호텔을 전문으로 다루는 여행사도 있으니 쉽게 알아볼 수 있다.

기회는 찬스다, 순간을 포착하라!

"5년 전 이혼을 겪은 저는 예전처럼 평탄하게 살 수 없었고, 심지어 제가 만난 다른 모든 사람들처럼 혼자 먹고 살 수도 없었어요. 그래서 제 인생이 끝났다고 생각했는데, 바로 그때 존을 만났어요." 회계사인 알린Arlene은 말한다. 그녀는 마흔 살처럼 보이지만 그 행동을 보면 열 살은 더 어리게 느껴진다.

어느 날 그녀는 묘피아 헌트 클럽(US 오픈 대회 장소로 지정된 곳을 살펴보면 유구한 역사와 함께 웅장한 면모를 갖추고 있다)에서 폴로 매치(4명이 1조가 되어 말을 타고 하는 공치기)를 마친 후 주차장에서 자신의 오래된 2인용 승용차를 빼내고 있었다. 그때 크고 푸른색의 메르세데스 벤츠가 들어오다가 그녀의 차와 살짝 충돌해 트렁크와 미등이 망가졌다. 메르세데스 벤츠를 운전하던 사람은 보스턴의 큰 법률 회사 사장으로, 당시 그는 그녀에게 진심으로 사과했다. 그는 알린이 사고의 충격에서 벗어나 안정을 찾을 동안 잠시 안에 들어가 있자고 제안했다. 존은 바에 있던 자신의 친구들에게 양해를 구한 후, 알린을 위해 구석 테이블에 근사한 저녁 식사를 준비했다. 이 둘이 서로에게 끌리고 있다는 사실을 알게 되기까지는 그리 오랜 시간이 걸리지 않았다.

"존은 제가 독립적이며 수에 밝다는 걸 좋아했어요. 저 역시 그 점이 제 유일한 장점이라고 생각하지요." 알린은 특유의 아름다운 미소를 날리며 자랑스럽게 말했다. "그리고 세달 후 그가 청혼을 했고, 저는 3초 만에 승낙했지요."

알린은 불행 그 한 가운데에서도 기회를 찾을 수 있다고 조언한다. "제가 그날 주차장에서 제 감정대로 고약하게 굴었다면 아마 지금의 저는 없었을 거예요."

in Korea

상류층의 접근에 당황하지 않기!

"저, 잠깐 이 니트 좀 봐주실래요? 엄마 선물로 뉴욕에서 사온 건데 여자들 보기에는 어떤지 궁금해서요." 그 질문 이후로 영아 씨와 현철 씨는 만남을 가지다가 3개월 만에 결혼에 이른다. 휴가 차 미국 뉴욕에서 일하고 있는 친구를 만나러 갔던 영아 씨는 돌아오는 길에 친구의 조언대로 비즈니스 클래스 석을 예약했다. 국립 무용단에서 일했던 그녀는 다음날 공연일 때문에 공항 라운지에서 서울로 전화를 걸었고 전화를 하던 중에 바닥에 커피를 쏟고 만다. 그런 그녀에게 다가와 말없이 도와주던 한 남자, 현철. "영아에게 빛이 났어요. 사실 그녀의 통화 내용을 통해 그녀가 발레리나라는 것을 알았지만 그게 중요한 것이 아니라 그냥 자석처럼 그녀 곁에 다가가게 되었다고 해야 할 것 같아요. 그녀의 차분한 목소리, 우아한 차림새, 불과 몇 초 만에 그녀의 따뜻한 마음까지 보이던 걸요."

영아 씨는 가볍게 감사를 표하고 탑승했는데, 와우~ 비즈니스 클래스 석 옆자리에서 그이를 다시 만난다. 그녀는 어느 날 읽었던 마르께스의 단편 소설이 떠올랐다. 비행기 옆 좌석에 앉은 무심한 여자에게 사랑을 느끼던 한 남자에 관한 이야기였는데, 그 소설처럼 그녀는 현철에게 관심도 없는 척, 태연하게 행동했다. 좌석에 앉아 담요를 덮고 잠을 자려고 채비를 하는 순간, 현철이 그녀에게 말을 건넨 것이다. 엄마 선물이 어쩌고, 저쩌고…. 이때를 놓치지 않고 우아하고 태연한 자세로 대화를 이어가는 영아 씨의 마음은 어땠을까.

"공항 라운지에서부터 이미 그의 고급함이 느껴졌어요. 어떻게 접근할까 고민하다가 그냥 무심한 척 하는 촌스러운 작전을 썼는데, 그게 먹히더라고요. 하하. 상류층 남자들은 자신에게 무심한 행동에 매력을 느끼는 것 같아요. 절대 호들갑 떨지 마세요. 원래 제가 차분한 성격이지만 살아가면서 늘 우아함을 잃지 않으려 노력한답니다. 그게 내가 사랑하는 현철 씨를 사로잡은 비결이니까요."

부 자 들 을   적 극 적 으 로   찾 아   나 서 기 !

미국 동서부 해안선을 따라 늘어서 있는 개인 소유 섬들 중한 곳으로 항해를 해보아라. 일부러 배를 난파시키고 선원의 구출을 받아라. 그가 듀퐁^{DuPont}이나 포브스^{Forbes}, 피셔^{Fisher}, 가디너^{Gardiner}, 시몬스^{Simmons} 등의 이름을 가진 사람이라면 더없이 좋을 것이다. 일단 뭍에 도착하고 나면 당신만의 방법을 동원하여 그곳에서 그와 함께 남은 여름을 즐겨라. 그런 다음 만약 일이 없더라도 도시로 돌아가라. 그리고 당장 사교계 명사 인명록과 전호번호부 책(In Korea. 마담뚜의 노트쯤이 되겠는데, 땅덩어리가 좁아서 그런지 출판되거나 하지는 않는다)을 집어 들어 그의 이름을 찾아보아라!

당신이 어찌어찌해서 부유층 집안에 입성했다 하더라도 방심은 절대 금물이다. 아직 목표의 반도 이루지 못했기 때문이다. 부유한 사교집단의 부인들은 질투심에 가득 차서는 그들 세계의 미혼 남자들을 수호하려고 할 것이며, 집단 외부의 누군가에게 이들을 뺏기는 것만큼 실망스러운 일도 없다고 생각해서 철저히 장벽을 친다. 집단 내 다른 여자들은 나이가 많거나 적거나, 기혼이거나 미혼이거나에 상관없이 모두 일등 신랑감을 외부 세계와 철저하게 단절시켜 당신이 이들과 만날 수조차 없도록 만든다. 또한 더 어린 미혼 여성들은 수많은 독살스러운 계책으로 당신의 결혼 계획에 훼방을 놓을 테고 말이다.

한편, 이들이 결혼상대로는 최상위급이 될 만큼 아무리 부자라 하더라도, 상류층 남자를 찾아 헤매면서 몇 달 혹은 몇 년을 허비할 수는 없는 일이다. 그러므로 부자를 낚을 자연스러운 기회를 잡지 못하겠다면 좀더 직접적인 방법에 에너지를 쏟는 것이 현명할 것이다.

◉ 01. 무슨 수를 써서라도 이름과 주소를 알아내라!

이것만은 항상 기억하라. 대환영을 받을 때 행운도 더 쉽게 찾아오는 법이다. 효과적으로 탐색전을 벌이기 위해서는 좀더 전문적인 방법을 쓸 필요가 있다. 먼저, 자신이 찾고 있는 남자상을 분명하게 파악하고 그들의 이름과 주소를 정확하게 알아두어야 한다. 앞장에서는 어떤 유형의 남자들이 당신에게 실질적인 결혼 기회를 줄 수 있을 지 알아보았다. 하지만 단지 누군가가 당신의 인생에 뛰어 들어오기만을 기다리면서 살던 대로 평범한 생활을 계속하고 있다면 우리의 계략은 결코 성사되지 않는다. 주변에 있는 돈 많은 미혼 남자가 누구인지 혼신의 힘을 다해 찾아내야만 한다. 일단 이들 이름과 주소 목록을 만들고 나면, 당신은 우연이 아닌 노력에 따라 목표에 다가가는 첫 발을 내딛은 것이다. 대도시에서는 해마다 지역사회에서 가장 엘리트급인 남여의 주소와 이름을 기재한 사교계 명사 인명록을 편찬하는데, 이것을 사용하여 목록을 간단히 작성할 수 있다. 뉴욕시의 경우 그 목록이 거의 천 페이지에 달한다. 사교계 명사 인명록은 워싱턴, 필라델피아, 시카고, 보스턴, 세인트루이스, 피츠버그, 클래블랜드, 신시내티, 데이톤, 샌프란시스코, 볼티모어, 버펄로 등과 같은 미국의 몇몇 대도시에서 발간된다. 아울러 이것은 사교계 명사 인명록 협회(Social Register Association, 10016 뉴욕 주 뉴욕 시 파크 애비뉴 남부 381번지)가 편찬, 배포한다. (In Korea. 우리나라에 이런 게 출판되지 않는 것이 안타까울 뿐!)

사교계 명사 인명록에는 집 주소와 전화번호뿐 아니라 졸업한 대학, 직업, 그리고 아내가 있는 경우 아내의 처녀적 성씨까지 기재되어 있다. 사교계 명사 인명록에 기재된 모든 이들은 한두 개 사교 모임을 갖고 있으나 이 모든 사람이 다 부자는 아니다. 다시 말해, 사교계 명사 인명록은 부유할 가능성이 높은 남자를 찾는 데 참고로만 해야지 결코 맹신해서는 안된다.

당신이 살고 있는 도시나 동네에서 인명록이 출간되지 않는다면 (한국의 경우) 그 대안책으로 다른 체계적인 계획을 짜야한다. 직접 발품을 팔아 부유할 가능성이 높은 사람들의 정확한 리스트를 손수 만드는 것이다.

전화번호부 책의 업종란에서 변호사, 의사, 주식중개사, 치과의사 등등 부자일 가능성이 높은 직업란을 찾아보고, 개인란에서 집 주소를 교차 확인함으로써 돈 많은 전문직 남자를 찾아낼 수 있다. 전문직 남자 중 부자 동네에 사는 사람들이 바로 당신이 원하는 남자다. 다음 단계는 그의 집에 전화를 걸어 화장품 회사의 시장 연구원인 척 가장하여 사모님을 부탁한다. 사모님과 연결되면 이야기를 지어내 대화하고 끊는다. 하지만 가정부가 전화를 받아 '사모님이요?' 하며 놀라거나 '결혼 안하셨는데요'라고 이야기한다면 미혼인 부자일 테니 그때부터 계획에 착수하면 된다. 그다음 단계는 이 사람의 회사나 사무실에 들러 그를 조사해보는 것이다. 그가 남편감으로서 가능성이 있어 보이면 우리 책에서 설명한 술책을 발휘해 접근하면 된다.

돈 많은 남자의 위치를 파악하는 또 다른 방법은 당신이 사는 도시에서 전도유망한 사업가가 누구인지 알아내는 것이다. 예컨대 상공회의소를 통해 알아보거나 본사나 거래처, 제조업체 등등에 전화를 걸어 연락처를 알아낸 다음 다양한 이유를 대고 사장님을 바꿔달라고 요청하는 것이다. 당신이 만나고 싶어 하는 돈 많은 남자들은 대부분 이미 결혼했을 것이다. 그러나 몇몇은 여전히 싱글일 것이며 당신이 이들을 위해 시간을 투자한다면 몇 가지 탐나는 조건들을 발견하게 될 것이다.

💲 비밀포인트 #12 　꼭꼭 숨어있는 부자를 찾아내는데 쏟을 충분한 열정과 시간적, 물리적 여유가 있다.

◉ 02. 부자들이 들끓는 스팟에 들락거려라!

돈 많은 남자를 찾는 좀 덜 체계적이면서 더 무작위적인 접근법을 들자면 이들이 시간을 보내는 장소에 두 발로 직접 찾아가는 것이다. 차분함과 자신감을 갖춘 여자라면 공항의 VIP 라운지나 고가의 골동품 경매장 혹은 폴로 매치의 혼잡한 관중들 사이로 걸어들어 갈 수 있을 것이며, 아무도 당신을 신경쓰지 않을 것이다. 그곳에서 당신은 고가의 저택들을 구경시켜 줄 부동산 중개인을 쉽게 찾을 수 있으며 가끔은 소유주의 살림살이들도 엿볼 수 있을 것이다. 이를 통해 당신은 그 소유주가 얼마나 재력 있는 사람인지 평가할 수 있다. 또한 박물관이나 미술관 개장 초대장 목록에 당신의 이름을 올려놓는 방법도 있다. 이곳에 참석하는 모든 사람이 남자거나 돈이 많은 것은 아니지만 이 두 조건을 모두 만족시킬 사람이 적어도 몇 명은 있을 테니 말이다.

학교 동창회나 자선 공연에 대한 소식을 들으면 초대받지 않았다고 해도 서슴없이 참가하라. 이때 공항 VIP 라운지와 마찬가지로 당신이 원래 그곳에 속해있는 사람인 것처럼 행동한다면 부자들은 전혀 의심하지 않고 당신을 받아들일 것이다.

💲 **비굴포인트 #13** 부자들이 모여 있는 곳에 차분하고 세련되고 자신감 있는 자태로 태연하게 들락거릴 수 있다.

◉ 03. 부자 유부남을 조심하라!

하지만 다음에 설명하는 그레이스^{Grace}처럼 잘못된 길로 빠져 들지는 마라. 서른 살이었던 그레이스는 앞서 설명한 방법을 동원해 완벽해 보이는 남자를 만났다. 그녀는 뉴욕의 주요 공항 중 한곳을 골라 자연스럽게 VIP 라운지로 들어가 무슨 일이 벌어지는지 유심히 관찰했다. 그녀는 음료도 들지 않은 채 그 자리에 5분 이상 서 있었다. 이때 잘생긴 얼굴 만큼이나 매력적인 한 남자가 그녀에게 다가와 수다를 떨기 시작했다. 그는 맨해튼에서 사업을 하고 있으며 그날 저녁 시카고에 있는 집으로 가기 위해 비행기(물론 일등석이었다)를 탈 예정이었다. 그런 그가 과연 다음번에 뉴욕에 오게 되면 그녀와 함께 저녁을 먹을 수 있을까?

어찌저찌하여 그레이스는 그에게 완전히 빠져서는 장거리

연애를 시작했다. 그는 시카고에서 그녀에게 전화를 걸었으며 뉴욕에 올 때마다 그녀를 만났다. 또한 그는 뉴욕에 있는 자신의 아파트를 그녀에게 빌려주었으며, 만날 때마다 값진 선물을 들고 이 아파트 문을 두드렸다. 하지만 1년 후 롱아일랜드에 있는 친구 집을 방문한 그녀는 교회에서 자기 애인이 아내와 아이들과 함께 있는 모습을 목격하고 말았다. 그녀가 얼마나 놀랐을지 상상이 되는가?

다행히도 그레이스는 이 끔찍한 상황을 잘 견디어 냈다. 오히려 그 유부남과의 일들을 타산지석으로 삼아 돈 많은 유부남을 멀리하게 되었고, 부자들을 상대하는 세련된 매너도 배웠다고 한다. 그녀는 지금 뉴욕 로체스터에서 돈 많은 남자들에 둘러싸여 살고 있다. 진취적인 그레이스는 몇 가지 사전 준비를 끝낸 후 뽀대나는 일류 자동차 쇼에 참석하기 시작했으며, 결국 앤틱하고 클래식한 자동차를 모으는 사람들에게 대출을 중개하는 사업에 뛰어들었다. 클래식하고 앤틱한 스포츠카의 진가에 관심이 많던 그녀는 최고급 자동차 경매에서 딜러나 마니아들에게 자금을 조달해주는 일을 했다. 그레이스는 친구들에게 "이곳은 돈 많은 남자를 만나기에 더없이 훌륭한 곳이야."라고 귀띔한다.

그녀는 또한 돈 많은 남자를 낚아채기 위해서는 균형감 있는 노력이 필요하다고 조언한다. "부자를 잡기 위한 당신의 행보는 대개 일련의 전진과 후퇴로 이루어질 거에요. 몇 번의 실패로 좌절하고 자신을 탓하지 마세요. 더 좋은 상황이 당신을 기다리고 있을 수도 있잖아요. 일보 전진을 위한 이보 후퇴라는 말 아시죠? 보세요, 부자 유부남에게 당하고도 이렇게 멀쩡히 자~알 살고 있잖아요." 아울러 그녀는 경고한다. "저는 한 번의 크고 기적적인 도약보다는 장기적이고 전술적인 행보가 더 알짜라는 것을 믿게 되었습니다. 당연한 말이겠지만 우연이나 기적을 꿈꾸는 사람보다는 꾸준히 전진하는 사람들이 돈 많은 상대를 만날 가능성이 더 높다는 뜻이죠." 자신의 목표에 계속 집중하면서 많은 경쟁자들을 넉다운 시킬 사전 준비를 철저히 하라는 조언일 것이다. 같은 목표를 향해 달리는 다른 여자들을 제치고 앞에 나설 수 있도록 개성 있는 나만의 독창적인 방법을 개발하라.

◉ 04. 부자들이 여행하는 곳으로 가라!

만약 자유롭게 여행할 수 있는 처지라면 자신에게 가장 적합한 곳이 어디인지 구체적인 계획을 세우고, 부유한 지역 중 몇 곳의 사교계 명사 인명록을 참고해 미국 곳곳을 여행해보라.

💲 **비굴포인트 #14**   부자들이 나타나는 곳이라면 어디든지 발품을 팔아 열심히 찾아다닐 자신이 있다. 자기가 그곳에 1000% 어울리는 여자라고 자부한다.

캘리포니아 주
비벌리 힐스^{Beverly Hills}, 페블 비치^{Pebble Beach}, 산마리노^{San Marino}

콜로라도 주
체리 힐스^{Cherry Hills}

코네티컷 주
파밍턴^{Farmington}, 그리니치^{Greenwich}, 노로턴^{Noroton}

델라웨어 주

센터빌^{Centerville}, 윌밍턴^{Wilmington}

플로리다 주

인디언 크리크 아일랜드^{Indian Creek Island}, 주피터 아일랜드^{Jupiter Island}, 팜 비치^{Palm Beach}

조지아 주

벅헤드^{Buckhead}

일리노이 주

바링턴^{Barrington}, 뉴 트리어^{New Trier}, 위넷카^{Winnetka}

캔자스 주

쇼니 미션^{Shawnee Mission}

켄터키 주

인디언 힐스^{Indian Hills}

루이지애나 주

뉴올리언스 가든 디스트릭트^{New Orleans Garden District}, 베이유 리버티^{Bayou Liberty}

마릴랜드 주

아나폴리스^{Annapolis}, 노스웨스트 볼티모어^{Northwest Baltimore}, 롤란드 파크^{Roland Park}

매사추세츠 주

체스트넛 힐^{Chestnut Hill}, 도버^{Dover}, 해밀턴^{Hamilton}

미시건 주

블룸필드 힐스^{Bloomfield Hills}, 그로스 포인트 팜스^{Grosse Pointe Farms}

미네소파 주

에디나^{Edina}, 레이크 미네통카^{Lake Minnetonka}, 웨이자타^{Wayzata}

미주리 주

클레이튼Clayton, 라두Ladue

뉴저지 주

배스킹 릿지Basking Ridge, 파 힐스Far Hills, 쇼트 힐스Short Hills

뉴욕 주

브롱스빌Bronxville, 로커스트 밸리Locust Valley, 파운드 릿지Pound Ridge

노스캐롤라이나 주

채플 힐Chapel Hill, 파인허스트Pinehurst

오하이오 주

게이트밀스Gates Mills, 페퍼 파이크Pepper Pike, 웨이트 힐Waite Hill

오클라호마 주

니콜스 힐스Nichols Hills, 사우스이스트 툴사Southeast Tulsa

오리건 주

레이크 오스웨고Lake Oswego

펜실베이니아 주

발라 신위드Bala Cynwyd, 브린 마르Bryn Mawr, 폭스 채플Fox Chapel
윈네우드Wynnewood

로드아일랜드 주

배링턴Barrington, 뉴포트Newport, 와치 힐Watch Hill

사우스캐롤라이나 주

찰스톤Charleston, 브로드 북부, 에이킨Aiken

텍사스 주

하이랜드 파크Highland Park, 리버 오크River Oaks,
유니버시티 파크University Park

버지니아 주

맥린McLean, 미들버그Middleburg

워싱턴

벨뷰Bellevue, 커크랜드Kirkland, 머서 아일랜드Mercer Island

워싱턴 D.C. 주

포기 바텀Foggy Bottom, 폭스홀 로드Foxhall Road, 칼로라마Kalorama

🏅 Bonus Idea **휴양지에 위치한 교회들로 가라!**

특히 대서양 해안을 따라 모여 있는 전통적인 부자 동네의 교회들은 여름이 되면 집회 때 방문객들을 위해 문을 열어 두기도 하니, 이들 중 한 곳에 참석한다면 부자 동네 미혼 남자와 더 쉽게 만날 수 있을 것이다. 다음과 같은 장소를 찾아가 보도록 한다.

호브 사운드Hobe Sould, 플로리다 주

마운트 데저트Mt. Desert, 메인 주

낸터킷Nantucket, 매사추세츠 주

🌐 In Korea 국내에서 부자들이 여가를 즐기는 곳을 찾기는 쉽지 않다. 개인 별장에서 놀거나 호텔에 투숙하거나 해외 리조트에 가는 등 자기들끼리 노는 문화니까…. 국내에서 찾자면 유수 호텔의 회원전용 휘트니스 클럽, 회원전용 콘도나 리조트도 있고, 회원전용 컨트리클럽에서도 만날 수 있다. 이런 모든 정보는 책이나 럭셔리 잡지 등에 종종 등장하고, 럭셔리 여행상품을 내놓은 여행사도 있으니 적극적으로 활용하도록!

Bonus. 강남 일대의 C교회, K교회, S교회, 여의도 S교회, 강동의 M교회, 동부이촌동 O교회 등 부자들을 많이 만날 수 있는 교회들이 있다. 잘 조사하고 잘 차려입고 깊은 신앙심으로 나가면 돈 많은 남자를 만날 가능성이 있다.

_이제 5대째 풍족하게 살았을 뿐이라 부자로 소개되기 부끄럽다는
아티스트 B군 제보. 압구정동 거주.

◉ 05. 자기 재능을 100% 발휘할 장소에 갈 것!

모든 전략 속에서 당신이 가진 재능이 무엇인지를 분석해보라. 당신은 지적인가? 미모가 출중한가? 상류층에 아는 사람들이 좀 있는가? 여비로 가지고 있는 투자 자본이 있는가? 수영복 맵시가 끝내주는가? 특별히 테니스를 잘 친다거나 승마에 재주가 있는가? 항해를 할 수 있는가? 그림이나 조각에 대한 식견이 있는가? 외국어에 능숙한가? 바카라^baccarat(프랑스에서 유래한 고급 도박의 일종)나 백가몬^backgammon(한국의 윷놀이와 같은 전통적인 보드 게임)을 즐길 줄 아는가?

당신이 가장 내세울 만한 재능을 확실히 한 후 이에 잘 어울리는 환경을 선택하라. 만약 몸매가 모델 뺨친다면 비키니를 입고 하루 18시간을 보낼 수 있는 곳으로, 불어를 잘한다면 파리 한복판으로 여행을 떠나라. 또한 실제로 부유하거나 돈이 많아 보이는 친구가 있다면 그 친구와 함께 여행하라.

◉ 06. 부자가 놀 때 전략적으로 접근하라!

당신의 레이더망에 있는 돈 많은 남자들이 어디로 휴가를 가는지 알아두어라. 그가 집을 떠나 다른 곳에 있을 때 일을 진행하기가 훨씬 수월하기 때문이다. 아울러 신문이나 잡지(해외 리조트 전문지도 있다)를 적극적으로 참고하여 당신이 짧은 여행을 즐길 수 있는 리조트나 크루즈, 전세 보트 등의 정보를 찾아보아라.

낚시를 좋아하는 돈 많은 남자를 사냥감으로 골랐다면, 미끼를 던지기 전에 그가 환장하고 달려드는 것이 무엇인지 알아내야 한다. 여가를 즐기기 위한 낚시라면 다래끼를 피래미로 가득 채우는 것보다는 하나가 걸리더라도 양질의 대어를 낚는 것이 훨씬 더 통쾌하지 않겠는가? 송어 낚시를 할 때의 에티켓도 공부하고, 시냇가 주변의 곤충학 지식도 습득하라. 공부한 것을 적극적으로 활용해 부유한 신사 낚시꾼들이 민물 송어가 헤엄쳐 다니는 산골 시냇가에서 라일락 향기 때문에 정신을 집중하지 못한다면 (곤충의 방해를 받지 않는) 황갈색의 낚싯밥을 멋지게 묶어 보이는 것도 점수 따는 데 제법 도움이 될 것이다. 이러한 행동으로 이 부자들 모두의 시선과 마음을 사로잡을 것은 두말할 나위도 없겠다.

이렇듯 여가를 즐기고 있는 남자를 만날 때에는 반드시 미리 계략을 짜두어야 한다. 당신이 묵고 있는 호텔을 잘 관찰해 보라. 손님들이 정기적으로 식당을 사용하는지 혹은 호텔 뜰을 거니는지를 체크해두자. 호텔에 며칠 머무르는 동안 사람들의 동태를 살펴보면 거의 모든 사람이 낯선 사람들에게 호의를 보인다는 사실을 알 수 있다. 여유롭게 여가를 즐기는 사람의 마음이란 의례 그렇지 않겠는가? 이중 돈 많은 미혼 남자가 한 명이라도 있다면 당신은 어색하게 들이대지 않고도 이 남자와 쉽게 만날 수 있을 것이다. 한편, 극상류층의 여행객들이 묵는 고급 호텔이나 리조트의 분위기는 이보다는 덜 친근하고 폐쇄적이므로, 미끼를 낚으려면 더 분발하고 치밀하게 준비해야 할 것이다. 최고로 고급한 곳에는 더 큰 대어들이 모여들 테니 그 곳의 격에 맞춰 철저한 준비를 하자.

영국의 안개 자욱한 푸르른 시골에 장미들이 아슬아슬하게 달려있는 11월부터 이 장미들이 다시 만개하는 4월까지는, 런던 북부의 여러 주를 돌며 여우사냥을 할 수 있다. 레스터셔주 사냥 지역 중심에 위치한 빅토리아조 풍의 호텔인 햄블턴 홀^{Hambleton Hall}에 투숙하라. 이곳은 퀀^{Quorn}, 카티스모어^{Cottesmore}, 벨보아^{Belvoir} 등과 같은 유명한 사냥에 참가하는 돈 많은 남자를 만날 수 있는 완벽한 장소이다. 그들 눈에 띄게 멋지게 차린 채 모든 서비스를 자연스럽게 이용한다면 더없이 고급스러워 보일 수 있을 것이다.

사냥개를 앞세운 채 말을 타고 사냥하거나 장엄한 울타리나 건조한 돌담에서 나는 영국 특유의 시골 냄새를 마음껏 맡아 보아라. 여우를 쫓는 것에 성공을 하든 안하든, 당신은 명문가문의 부유층 사람들에게 여우 사냥 풍습을 충분히 배우고 익혀 집으로 돌아오게 될 것이다. 잘만 되면 부자 남자의 연락처를 손에 쥐고서 돌아올 지도 모르고….

◉ 07. 동선을 짜고 우연을 가장하라!

1. 가능하다면 목표물이 식당에 도착할 때 언제라도 당신과 우연히 마주칠 수 있도록 동선을 정확하게 짜두도록 한다. 두 사람 모두 지배인의 안내를 기다리고 있는 동안, 다음 항목 중 한두 가지를 시도해보라. 타깃男에게 옷이 멋지다고 칭찬한다. 그의 테니스 경기나 수영 경기를 인상 깊게 보았다고 말한다. 담뱃대 혹은 새끼손가락 반지가 굉장히 고상해 보인다고 말한다. 그런 다음 더없이 높은 하이힐을 일부러 부러뜨리고

동행해줄 것을 부탁한다. 또한 연락할 수 있는 방법이라면 무엇이든 해라. 이 상황에서는 절대 망설이지 말고 행동으로 옮기는 것이 관건이다. 혼자 저녁을 먹고 싶어 하는 남자는 없으므로 당신의 핑계는 곧 그의 저녁 식사 초대로 이어질 것이 분명하다. 만약 직접 말하기가 두렵다면 지배인이 대신 말하도록 만들 수도 있다. 지배인이 다가올 때, 그냥 타깃男 옆에 서서 웃으며 그를 바라보고 있기만 하면 된다. 지배인은 당연히 당신이 함께 온 줄 알고 이렇게 말할 것이다. "두 분이십니까, 선생님?" 무슨 말인지 모르겠다는 듯이 그냥 웃고 있어라. 옆의 신사가 오해를 눈치 채고 당신에게 먼저 안내를 받으라고 말한다면, 친절하고 진심 어린 말투로 "제 테이블에 같이 앉으시는 게 어때요? 계산은 각자 하고요…."라고 말한다. 반대로 남자가 매너 없이 먼저 안내를 받으려고 한다면 모른 척 그의 뒤를 따라가라. 두 사람 다 지정된 한 테이블로 걸어간다면 약간의 혼란이 야기될 것이고, 이 남자는 당신의 존재를 깨닫고 무언가 말을 할 것이다. 바로 이때를 당신에게 유리한 기회로 만들어야 한다.

2. 또 다른 방법도 있다. 미래 신랑감이 영화관 좌석이나 술집 의자, 수영장 야외 의자에 앉아있는 모습을 발견하면, 들키지 말고 조심스럽게 관찰하면서 그가 자리를 뜰 때를 기다린다. 그러다가 그가 자리를 뜨자마자 냅다 달려가서 그 자리에 앉아라. 그가 자리를 맡으려고 음료나 책, 수건 등을 두었어도 그냥 무시해라. 완전 터무니없게 그의 자리를 차지하고

앉으면 앉을수록 그가 나중에 돌아왔을 때 당신의 실수를 좀 더 리얼하게 자책하면서 사과할 수 있으니까. 그러면 당황하며 허둥대는 당신을 불편하게 한 것에 대해 어쩔 수 없이 또 사과하게 된다. 그가 매너 있게 대처하는 가장 멋진 상황은 당신이 그냥 자신의 자리에 앉아 있도록 해주는 것일 테다. 그리고 그는… 음, 뭐, 당신 무릎에 앉던지 알아서 할 것이다.

3. 스포츠광들은 항상 유혹에 잘 넘어간다. 그러니 재미있는 스포츠 게임이 있을 때마다 아주 자연스럽게 이를 핑계 삼아 마음껏 연락할 수 있다. 게다가 그는 스포츠를 즐기고 있는 상황에서는 당신이나 당신의 친구들이 어떤 실수를 하더라도 관대하게 이해하고 넘어갈 정도로 물렁해진다. 자, 이제 실습해 보자. 테니스를 치는 남자라면 그가 쓰는 테니스 공 브랜드명을 알아내 똑같은 것으로 구입한다. 그리고 옆 코트에 자리를 잡고 그가 잘못 쳐 날아 온 공들을 모아둔다. 그런 다음 때가 되면 그것들이 '내 공'이라고 주장해라. 되도록 안하무인격으로 우겨라(그러나 최대한 귀여워보이도록…!). 그래야 그가 어떻게든 자신의 공임을 증명하려 할 테니까. 그리고 만약 그가 공들 중 하나에 쓰여 있는 표시를 보여주면서 자신의 공임을 증명했어도 그 공 역시 가져가라. 이처럼 완전히 개념 없고 심술궂게 행동한 후에, 마치 후회된다는 듯 당신이 할 수 있는 약간의 부드러운 태도를 보이면서 사과의 표시로 운동이 끝난 후 차를 한 잔 사겠다고 말해라.

💲 비굴포인트 #15   돈 많은 남자들이 노는 곳에 전략적으로 나타나

사전 계략을 꾸미고, 치밀하게 계산을 때리고, 동선을 짜는 등 놀 때도 머리를 쓸 자신이 있다. 과거에 내가 주로 놀러 다니던 곳을, 지금 내가 놀러 다니는 곳을 살펴보라! 그곳에서 마주치던 남자들의 행색을 떠올려보라! 끔찍하고 촌스럽고 후지기가 이루 말할 수 없다면, 그 모두를 버리고 새로운 스팟을 찾을 의향이 있는가?

◉ 08. 기회는 그것을 만든 여자의 것!

앞서 말한 내용들을 명심하면서, 이제 결혼이라는 시장에서 기회를 포착해보자.

연인도 얻고 동시에 부귀영화는 물론 경제적 신분 상승까지 이루려는 여자라면 아주 기본적으로 정의, 신중함, 의연함, 절제와 같은 미덕을 갖추어야 한다. 그러나 이러한 미덕만으로는 당신이 찾고 있는 보물이 굴러들어올 리 없다. 당신은 좀더 적극적으로 목표에게 다가가고, 기회를 만들고, 치밀하게 짠 그 기회를 통해 내가 목적하는 바를 이뤄내야 한다.

만약 개를 키우고 있다면 개를 데리고 부자 동네를 산책하라. 이 때 당신의 귀여운 작은 푸들이 당신이 점찍어 둔 돈 많은 남자를 무는 것과 같은 청천벽력 같은 행동을 한다면, 당황하지 말고 수지^{Suzie}처럼 행동하라. 그녀는 그로스 포인트^{Grosse Pointe}에 있는 메르세데스 벤츠 전시장에서 자신의 애완견이 한 고객을 물었을 때 즉시 그에게 다가가 응급처치를 해주었다. 그리고 현재 결국은 타깃男과 함께 토끼같은 아이들과 개 몇 마리를 더 키우고 있다.

가능하면 많이 그리고 우아하게 웃어라. 웃음도 연습과 습관이다. 그러면 당신은 더 아름다워 보일 것이며, 다가가기도 좀 더 쉬울 것이다. 아울러 근사하게 차려입은 상대 남자와 눈을 마주치는 것도 주저하지 마라. 고급 호텔 로비에서 관심이 가는 남자 옆에 앉아 너덜너덜해진 루이 말Louis Malle(프랑스 시나리오 작가)의 시나리오를 찬찬히 훑어보아라. 그는 아마 당신의 독서 취향에 큰 호감을 느끼고 대화를 시도할 것이다. 이러한 수법은 비행기 일등석에서도 잘 먹힌다. 이런 행동들을 (누가 보면 미쳤다고 생각할 정도로) 끊임없이 여러 곳을 들락거리며 반복하라. 두드리면 열린다고 하지 않던가.

💲 비굴포인트 #16   돈 많은 남자 목표물을 설정하고 나서, 드라마 각본 같은 상황을 짜고 연출해서 열 번이고 백 번이고, 같은 상황에서, 같은 행동을, 일이 성사될 때까지 반복할 요량이 있다.

타깃男 프로필
상속인

나이 : 37세
키 : 180cm
무게 : 79kg
취미 : 하이킹, 라이프스타일 관련 도서 출판
순 자산 : 860만 달러

이런 남자의 관심사는 매우 다양하므로 이들이 어떤 스타일의 여자에게 끌릴지 한마디로 정의하기는 어렵다. 변덕스럽고 상태가 안 좋은 마녀일지라도 그의 자선 행위를 기꺼이 함께 할 수 있는 여자일 수도 있고, 그와 마찬가지로 돈이 많은 빵빵한 사업가일 수도 있다. 이러한 남자는 거의 대부분이 첫인상만큼 완벽하지 않다. 그들은 돈을 상속받았다는 사실, 그리고 스스로 돈을 벌 필

요가 없다는 사실 때문에 죄책감이나 압박에 시달리고 있으므로 종종 심약하고 소심한 면모를 드러낸다. 결국 당신이 할 일은 단 하나, 그에게 힘을 실어주는 일이다.

상속인 미니 인터뷰

Q. 왜 아직도 혼자세요?

A. 제가 적당한 짝을 만나는 걸 운명이 거부하는군요.

Q. 어떤 스타일의 여자를 좋아하세요?

A. 제 마음을 적셔주고 영혼을 살찌우게 하는 사람이요. 선택의 기회는 항상 많았지만 다양한 그룹의 여자는 만나보지 못했습니다. 하지만 지난 5년간은 가족의 친구, 친구의 친구들 등 여러 사람과 잘 어울려 다녔지요. 즉, 다른 사회 계층의 여자들과 데이트를 한 것이지요. 저는 항상 오픈 마인드를 고수하며 박애주의자처럼 보이려고 노력한답니다. 요즘 들어 저는 제가 속해 있던 좁은 원 밖의 세상이 어떤지를 실컷 경험하고 있습니다. 제가 최근 함께 시간을 보낸 몇몇 여자들의 생활은 굉장히 흥미로운 것이었지요. 사람들은 저마다 자기만의 방식대로 열심히 사는 것 같더군요. 나를 아는 사람들에게는 거짓말처럼 들리겠지만 저는 제 시야를 넓혀줄 수 있는 오픈 마인드를 가진 여자와 연애하고 싶습니다.

Q. 어느 정도 조건이 되어야 결혼하실 건가요?

A. 함께 인생과 희망을 설계하고픈 사람을 만나면요.

Q. 이전의 여자들과는 얼마나 오래 연애하셨나요?

A. 관계는 절대 끝나는 것이 아닙니다. 단지 열렬함이 수그러지면서 덜 적극적이 되어가는 것뿐이지요.

Q. 한 번에 두 명 이상의 여자를 만나기도 하나요?

A. 글쎄요, 없습니다.

Q. 어떤 방법으로 여자를 만나나요?

A. 제 친구들 중 대부분이 현재 결혼을 했지만 그들 주변에는 즐길 수 있는 여자친구들이 항상 있습니다. 좀더 최근에는 자선 사업을 통해 여자들을 만났고, 가끔 미술관 오프닝 때 만나기도 합니다.

타깃男 프로필
상속인

나이 : 44세
키 : 174cm
몸무게 : 58kg
취미 : 암벽등반, 골프, 투자
순자산 : 570억

Q. 왜 아직도 혼자세요?

A. 너무 놀았나봐요.

Q. 어떤 스타일의 여자를 좋아하세요?

A. 마음도 몸도 섹시한 여자요. 과감한 도전에 망설이지 않는 여자에게 끌리는 것 같아요. 문제는 그런 여자들을 만나서 사랑에 빠지고 나면 여자들은 늘 약한 모습을 보이곤 한다는 거죠. 제게 기대 인생을 안전하게 살겠다는 모습이 보이면 사랑이 식어버려요. 저는 은행이나 보험이 아니잖아요. 각자의 삶을 역동적으로 꾸려가면서 그저 사랑만을 하고 싶을 뿐입니다. 최근에 컨트리클럽에서 만난 서른 중반의 여성 사업가가 있었죠. 에너제틱하고 똘똘한 모습과 더불어 섹시한 몸에 반해 데이트를 시작했더니 만나는 내내 돈벌이에 대한 푸념만 늘어놓더군요. 돈 많은 남자랑 결혼하는 것이 인생을 획기적으로 바꿔줄 것이라는 자신의 신념을 노골적으로 드러내는데 기가 차더군요.

Q. 어느 정도 조건이 되어야 결혼하실 건가요?

A. 자기 생활을 알아서 꾸려갈 줄 아는 여자를 만나면요. 그런 그녀의 역동성이 제게도 전염되어 제가 더 열정적으로 살아갈 수 있게끔 되는 여자면 오케입니다.

Q. 이전의 여자들과는 얼마나 오래 연애하셨나요?

A. 4년 정도 사귄 여자 외에는 한 달도 못가서 헤어지고 말아요. 4년 사귄 그

여자는 제 도움을 받아 사회적 명성을 얻더니 더 이상 사랑 따위는 귀찮다
는 식으로 떠나버리더군요.

Q. 한 번에 두 명 이상의 여자를 만나기도 하나요?

A. 아직은 없지만 내 여자다 하는 짝이 나타나면 엔조이로 만나던 여자와 겹칠
수도 있겠군요.

Q. 어떤 방법으로 여자를 만나요?

A. 일하는 중에 만나게 되는 경우가 많은 것 같아요. 오래 혼자일 때는 친한 친
구나 후배들을 졸라 소개 받기도 하고요.

세련된 여자들의 액세서리
그녀들, 항상 이것만은 두른다

엘리자베스 여왕 - 모자

재클린 케네디 오아시스 - 굉장히 큰 선글라스

바바라 부시 - 진주

릴리 퓰리처 - 분홍색과 초록색 패션

캐롤린 공주 - 헬가 와그너 목걸이

힐튼 자매 - 파파라치

베비브 팔레이 - 긴 흑진주 담뱃대

디나 메릴 - 샤넬 가방

끌레르 부스 루스 - 잭 로저스 샌들

in Korea

귀부인들과 예비 귀부인들을 취재한 결과 그녀들은 한 목소리로 이렇게 조언한다. "나를 상징할 수 있는, 나만이 걸칠 수 있는, 나에게 가장 어울리는 액세서리 품목을 하나 정하세요. 모자도 좋고, 스카프나 파우치 백, 브롯치, 액세서리도 좋습니다. 나를 가장 고급스럽게 보이게 하는 품목이면 되요. 그리고 해외 여행 가서 쇼핑할 때 그 아이템을 하나씩 사 모으는 거죠. 10년 정도 수집된 액세서리를 보고 있으면 나의 역사도 느껴지고 어떤 차림에도 어울리는 아이템이 구비된 나만의 액세서리 숍이 탄생한답니다." 벌써 13년째 스카프를 모으고 있는 한 예비 귀부인은 늘 세련된 스카프로 주변의 시선을 사로잡는다. 그 많은 스카프들은 해외 여행을 갈 때 면세점이나 도착지의 명품숍, 편집숍 등에서 사 모은 것이라는데, 스카프를 넣어두는 서랍장을 주문 제작해서 보관할 정도로 남다른 스카프 사랑으로 유명하다.

　　　　　　　　　　　　　　　　　　　　__ 평창동에 거주하는 무용가 Y양

부자들의 눈길을 끄는 여자 되기

부와 사랑은 용감한 사람의 것이다.

__오비드Ovid

상 류 층 여 자 의 교 양 배 우 기 !

돈 많은 남자들은 다양한 부류의 여자에게 만날 수 있는 기회를 주겠지만 결혼은 오로지 요조숙녀하고만 한다. 하지만 걱정할 필요는 없다. 우리 사회에서는 결혼에 적합한 진정한 숙녀를 정의하는 교과서적인 행동 지침이 많이 있으므로 이를 숙지하기만 하면 된다.

　유명 디자이너의 진을 입고 거들먹대는 것이 상류층의 스타일이라고 믿는 바보들이 간혹 있다. 같은 스타일이더라도 그것을 고급스러움으로 커버하는 사람과 그렇지 않은 사람 간에는 뚜렷한 차이가 있게 마련이다. 당신은 모든 상황에서 매력적이면서도 기품 있는 묘한 분위기를 풍겨야 한다. 이를 위한 첫 번째 단계는 뼈대 있는 집안사람들의 전형적인 행동 패턴이 몸에 익은 양 행동하는 것이다. 교양 학교를 다니는 것도 하나의 좋은 방법이 될 것이다. 하지만 이런 저런 노력 없이 단지 호화 리조트에서 하룻밤 묵으며 거기서 돈 많은 남자를 만나려는 여자라면? 즉, 한큐에 대어를 낚기 위해 노력하는 경우라면 불필요한 지출을 줄이고 예절에 관한 교양서적을 사서 읽는 것이 훨씬 저렴하고 좋을 것이다. 에이미 밴더빌트^{Amy} Vanderbilt(미국 언론인이자 작가)나 에밀리 포스트^{Emily Post}(미국 여성 작가로서 에티켓에 관한 권위자)의 작품은 이러한 교양과 예절에 관한 내용을 깊이 있게 다루고 있다. 하지만 이러한 책들이 싱글 요조숙녀들에게 권장하는 꽤 까다로운 행동들을 그대로 따라할 필요는 없다. 다만 밴더빌트나 포스트 부인이 주장하는 기준들을 머릿속에 잘 숙지하고 있으면서, 이것이 필요한 상황이 닥쳤을 때 현명함을 발휘해 요조숙녀답게 대처하면 된다. 돈 많은 남자들의 어머니 혹은 돈 많은 남자들이 자기 자식들의 어머니로 원하는 상은 공통적으로 4~50년 전에 통용되던 조신한 행동 기준들을 따르고 있을 것이다. 때문에 돈 많은 남자들이 당신에게서 이런 모습을 언뜻언뜻 보게 된다면 그는 아내로서 당신의 자질에 안심할 것이다.

💲 비굴포인트 #17 자기 자신의 현재 모습을 죄 버리고 교양이 철철 넘치고 조신한 부잣집 어머니들의 스타일을 기꺼이 배우고 익힐 자신이 있다.

반응할 때는 좋아라 하되 가식이 안보이도록…

그렇다면 부유한 사람들과 함께 있을 때 어떻게 처신해야 할까? 그들의 이야기에 관심을 보이되 너무 오버해서 질문하지는 마라. 또한 감동받은 척하되 억지 표정은 짓지 마라. 아울러 재치 있게 행동하되 정신 나간 사람처럼 보이지는 마라. 간단히 말해 항상 중도를 걸으면서 그 사이사이 다재다능한 모습을 보여주고, 항상 자신을 사랑하라. 참으로 간단해 보이지만 그다지 쉽지 않을 것이다. 모름지기 그동안 당신의 몸에 밴 행동을 바꾸기란 기질을 바꾸는 것과 같을지니….

돈 많은 남자들은 자신이 사는 모습을 당신에게 보여주고 그 반응을 지켜보는 것을 즐길 것이다. 하지만 그 반응이 진심에서 우러난 것일 때에만 비로소 관심을 보인다. 그가 당신이 이해할 수 없는 이야기들을 할 때 가식적인 반응을 보이지 말고, 그의 이야기를 경청하면서 그가 알아서 이야기를 마무리하도록 내버려 두어라. 그는 당신에게 무언가 새로운 것을 가르쳐주는 것을 즐긴다. 또한 평범하지 않은 것이나 당신이 살수 없는 것을 사 주는 것을 무엇보다 좋아할 것이다. 그 모든 것에 반응할 때 늘 '중도'라는 말을 염두에 두고 행동하라.

돈 많은 남자를 대할 때 기본적으로 갖추어야 할 예절과 교양 외에 한 가지 중요한 자세를 익혀야 한다. 돈 많은 남자를 원하는 여자들 대부분은 요트 여행하기, VIP석에서 놀기, 럭셔리 파티 가기 등 자신이 진짜 원하지만 해볼 수 없는 것을 경험하기 위해 부자를 이용한다.(그것도 아주 티나게….) 하지만 돈 많은 사람들 역시 바보가 아니기 때문에 자신을 이용하려는 사람들의 낌새를 잘 알아챈다. 이들은 탐욕스럽고 진실성이 없는 사람들에게는 더없이 인색하게 구는 것으로 평판이자자하다. 만약 당신이 럭셔리한 생활을 누리기 위한 하나의

M&K
Miracle & Knowledge Books

2030여성들을 위한 도서기획출판 엠.앤.케이
서울시 마포구 서교동 328-25 Tel. 02.323.4610 Fax. 02.323.4601
http://town.cyworld.com/mnk | http://2030womenselfhelp.cyworld.com

M&K신간도서

돈 많은 남자랑 결혼하는 법

케빈 도일 지음 | 120×190 | 152페이지 | 9,000원

돈 없이 살기 싫다. 지지리 궁상으로 한 푼 두 푼 모으고 절약하며 살기 싫다. 돈 없는 남자 만나서 고생하기 싫다. 어차피 한세상 살다 가는 것, 이왕이면 멋진 귀부인으로 살다 가고 싶다. 나는 돈 많은 남자를 만나서 세상을 누릴 자격이 있는 여자다. 사실 우리 여자들 누구나 그런 꿈을 가지고 그런 남자를 만나 누릴 자격 있고 또 그런 생각 한 번 해보지 않은 여자가 어디 있겠는가! 그런데 참 생각처럼 되지 않는 것도 사실이다. 그런 그녀들의 니즈를 충족시켜 줄 수 있는 실용적인 가이드, 돈 많은 남자랑 결혼하는 법. 우리 시대 똑똑한 여우들을 위해 돈 많은 남자 공략법을 적나라하게 가이드한다.

M&K출간예정도서

 연애잔혹사 고윤희 지음

여자는 이래야 하고, 또 남자는 이래야 된다. 사랑에 빠진 여자는 이래야 되고, 그렇다면 건강한 연애란 이래야 한다. 우리는 모두 학습된 연애를 하며 살고 있다. 근데 그게 진짜 연애일까? 진짜 사랑일까? 오히려 현실 속 우리의 모습은 언제나 학습된 연애와 사랑의 모형에서 벗어나 있을 뿐이니 어찌해야 좋을까. 그게 네 얘기고 내 얘기고 우리 모두의 얘기, 즉, 모두 연애가 안 되서 슬픈 여자들의 이야기다. 연애잔혹사는 바로 연애가 안되거나 실패해서 상처 투성이인 모든 여자들에게 위로의 말을 던진다. 문제는 당신들이 아니니까. 단지 우리가 만들어 놓은 그 고정관념이며 관습이 문제이니까. 상처받지 말고, 휘둘리지도 말고, 이제부터라도 당당히 연애에 맞서라고.

상류사회 여자 되기 김 은 지음

부유층은 있으나 상류층은 없는 시대다. 진정한 상류사회 여자란 돈 많은 부류를 칭하는 것이 아니라 매너와 풍채가 세련되고, 세상에 열려있고, 다양한 관심사를 가지고 끊임없이 공부하고, 많이 알고, 제대로 즐길 줄 알며, 자신을 가꾸며 사는 여자이다. 이 시대의 진정한 상류사회여성은 누구이며 무엇을 알아야 하는가에 대하여 아젠다 세터 김은이 이 시대의 여성들에 멘토한다.

"20대, 30대, 그녀들이 알아야 할 모든 것은 M&K에 있다."

2030 교양 시리즈 : 1. 문학 2. 미술 3. 철학 4. 역사 5. 성 6. 심리학... 쭈-욱 계속됩니다.
알고 싶고 배우고 싶은 것 많은 2030여성들, 그러나 그녀들에게 시중의 인문서들은 난해하고 재미없고, 지루하다.
즐겁고 신나게 읽어가면서 지식과 정보를 배워낼 수 있는 교양인문 입문서.

꿈을 이뤄주는 자기주문법

사크 지음 | 이애경 옮김
152×225 | 278페이지 | 12,000원

꿈 설계사, 희망 코치, 창조력과 영감의 대모, 자기계발 컨설턴트 SARK 초유의 베스트셀러. 꿈은 무엇인가, 왜 꿈을 가져야 하는가, 꿈을 꾸며 사는 삶은 무엇인가, 어떻게 꿈을 이룰 것인가, 우리들은 왜 꿈꿔온 일을 하여 살아가야 하는가? 당신 안의 소중한 꿈을 찾아내고, 그 꿈을 이루기 위해 당신이 해야 할 모든 것이 여기 있다.

女自여자의 발견

최지안 지음
142×225 | 251페이지 | 10,000원

2030여자들, 세상을 접수하다! 동시대를 살고 있는 2030여자들을 위해 평범한 뚝심 여전사들이 자신의 사회생활비법을 전수한다. 나의 얘기고, 친구선후배의 얘기고, 모든 20300여자들의 살아있는 이야기이다. 그야말로 제대로 만들어진 멘토북! 20300여자들이 서로서로에게 멘토가 되어준다.

이상은 Art&Play

이상은 지음
185×210 | 230페이지 | 13,900원

예술은 놀이, 놀이는 예술, 이상은이 제안하는 감수성, 창조력과 영감 예술력을 높이는 방법을 친환경eco, 재활용recycle, 만들기hand-made (옷, 가구, 액세서리, 조명)등을 통해 구체적으로 알려준다. 이상은의 '아뜰리에'에서 '예술가가 되는 법'을 익히는 에세이 아트북이다.

소녀의 인디아

글 · 사진 정윤
130×183 | 256페이지 | 9,000원

재기발랄하고 톡톡 튀는 소녀의 일기장에 숨겨진 인도라는 신대륙&소녀라는 신세계!
감상소녀 윤이의 '인도 여행일기'와 '인도 코다이카날 인터내셔널 스쿨 유학일기'가 담겨있다. 소녀의 일기장을 훔쳐보다가 우리는 잊고 있던 나만의 꿈을 발견하는 동시에 새로운 세상을 향해 나를 열어두는 기쁨을 맛보게 될 것이다.

서울여행

글 도호연 | 사진 박기숙
128×183 | 300페이지 | 12,500원

도시라는 이름의 여행지, 서울!
서울만의 감성과 진짜 문화를 찾아 서울로 여행을 떠난다. 마음 속 진짜 이야기를 패션사진가 상아(박기숙)의 햇살 가득한 사진과 문화메신저 호야(도호연)의 다이나믹한 감성 에세이로 신서울의 문화와 감성을 만나게 될 것이다.

FORGET ME NOT

글 · 그림 야코브(Yakov)
170×250 | 208페이지 | 9,500원

NEW! 에세이의 재발견!
챕터도 카테고리도 없는 글, 젊은 글쓰기의 새로운 트렌드가 되다
NEW! 아트북의 재발견!
책이면서 책이 아닌 '에세이 아트북' + '한 권의 노트' 탄생하다
NEW! 사랑의 재발견!
가장 쉽고도 가장 어려운 얘기, 사랑에 관해 가장 솔직히 고백하다
완전한 사랑의 모든 것이 녹아든 'FORGET ME NOT'을 만난다.

수단으로 돈 많은 애인을 이용하려 한다면, 그는 이를 즉시 알아채고 당신이 그 기회를 획득하려는 마지막 순간 당신을 차버리고 말 것이다. 하지만 당신이 마음을 가득 담아 아주 작은 일에도 크게 기뻐하고 다소 불편한 점이 있더라도 인내심을 갖고 참는다면, 그는 아주 상냥한 사람으로 바뀔 것이며 당신 때문에 겪어야 하는 모든 불편함을 기꺼이 감수할 것이다.

🔵 **비굴포인트 #18** 다소 불편하고 배알이 꼬이지만 돈 많은 남자 앞에서만은 교양과 예절을 갖춰 '중도'를 지킬 자신이 있다. 절대 그들의 돈에 눈이 멀지 않을 것이며, 돈은 그저 사랑을 잘 하기 위해 필요한 작은 부분이라 생각할 것이다.

교양 있는 척하기 위해 반드시 배워야 할 것들, 여기서 찾아라!
골동품, 건축/인테리어 디자인, 미술, 무용, 음악에 관한
지식을 쌓기 위한 권장 도서와 잡지

골동품
✦ 서적
《코벨의 나의 골동품 이해하기^{Kovels' Know Your Antiques}》,
저자 랄프 M. 코벨^{Ralph M. Kovel}, 테리 H. 코벨^{Terry H. Kovel}
✦ 잡지
〈앤티크^{Antiques}〉
〈아트 앤 앤티크^{Art & Antiques}〉

건축/인테리어 디자인
✦ 서적
《건축 시각 사전^{A Visual Dictionary of Architecture}》, 저자 프란시스 D. K. 칭^{Francis D. K. Ching}
《건축의 역사 : 배경 및 풍습^{A History of Architecture: Settings and Rituals}》,
저자 스피로 코스토프^{Spiro Kostof}, 그레고리 카스틸로^{Gregory Castillo}

《가구의 역사 : 25세기 간의 서양 전통 스타일 및 디자인The History of Furniture: Twenty-five Centuries of Style and Design in the Western Tradition》, 저자 존 몰리John Morley

⊕ 잡지

〈건축 개요Architectural Digest〉, 〈홈 데코Home Decor〉, 〈프레임Frame〉

미술

⊕ 서적

《미술의 역사 : 서양 전통The History of Art: The Western Tradition》, 저자 H. W. 잰슨H. W. Janson, 안토니 F. 잰슨Anthony F. Janson

⊕ 잡지

〈아트뉴스ARTnews〉, 〈아트 인 아메리카Art in America〉, 〈아트 앤 앤티크Art & Antiques〉

무용

⊕ 서적

《발레 입문 : 발레 학습 및 응용을 위한 완벽 지침서Ballet 101: A Complete Guide to Learning and Loving the Ballet》, 저자 로버트 그레스코빅Robert Greskovic

《발레 교본 : 무용의 비밀 배우고 감상하기Ballet Book: Learning and Appreciating the Secrets of Dance》, 저자 아메리칸 발레 씨어터American Ballet Theater, 낸시 앨리슨Nancy Ellison

《발레와 현대 무용 : 개요Ballet and Modern Dance: A Concise History》, 저자 잭 앤더슨Jack Anderson

⊕ 잡지

〈댄스Dance〉

음악

⊕ 서적

《클래식 음악 입문 : 클래식 음악 학습 및 응용을 위한 완벽 지침서Classical Music 101: A Complete Guide to Learning and Loving Classical Music》, 저자 프레드 플롯킨Fred Plotkin

《100대 주요 오페라 이야기100 Great Operas and Their Stories》, 저자 헨리 W. 시몬Henry W. Simon

《재즈 : 미국 음악의 역사Jazz: A History of America's Music》, 저자 제프리 C. 와드Geoffrey C. Ward, 켄 번즈Ken Burns

⊕ 잡지

현재 시중에 출판된 클래식 혹은 오페라를 다룬 대중 음악 잡지는 없다.

부자인 친구가 있다면 클래식과 오페라에 대해 직접 강의를 듣는 것이 더 도움될 듯.

⊕ 서적

《골동품을 알면 역사와 돈이 보인다》, 저자 이상문, 선출판사

《앤티크 문화예술기행(즐거운 컬렉션, 환상의 여정)》, 저자 김재규, 한길아트

《건축, 음악처럼 듣고 미술처럼 보다》, 저자 서현, 효형출판

《건축, 사유의 기호(승효상이 만난 20세기 불멸의 건축들)》, 저자 승효상, 돌베개

《건축에게 시대를 묻다》, 저자 민현식, 돌베개

《김현 예술기행(반고비 나그네 길에)》, 김현, 문학과지성사

《이것은 미술이 아니다(미술에 대한 오래된 편견과 신화 뒤집기)》, 메리 앤 스타니스제프스키, 박이소 역, 현실문화연구(현문서가)

《미술에 대해 알고 싶은 모든 것들》, 이명옥, 다빈치

《크레이지 아트 메이드인 코리아-광기와 집착으로 완성된 현대미술 컬렉션》, 임근준, 갤리온

《뉴욕 미술의 발견(갤러리, 경매장, 미술관 그리고 아트 스타들)》, 정윤아, 아트북스

《이사도라 덩컨의 무용에세이(춤추는 무용가의 혁명적 예술론)》, 이사도라 덩컨, 최혁순 역, 범우사

《발레와 현대무용(서양 춤 예술의 역사)》, 수잔 오 지음, 김채현 옮김, 시공사

《춤에 빠져들다(탱고에서 살사까지 재미있는 춤 이야기)》, 이용숙 지음, 열대림

《음악에 미쳐서》, 울리히 룰레, 이헌석 역, 비룡소

《천년의 음악여행》, 존 스탠리, 이창희 역, 예경

《듣고 싶은 음악 듣고 싶은 연주》, 이순열, 현암사

《3일만에 읽는 클래식 음악》, 모리모토 마유미, 고선윤 역, 서울문화사

⊕ 잡지(월간)

건축/인테리어 디자인 〈인테르니&데코(INTERNI&Decor)〉, 〈공간(SPACE)〉, 〈마루(MARU)〉, 미술 〈월간 디자인〉, 〈월간미술〉, 음악 〈스트링 앤 보우String & bow〉, 〈재즈피플jazz people〉 등의 대중 전문지들이 있다. 웹진이 오히려 활발한 편이니 관련 키워드로 웹사이트를 검색해 보도록!

골동품, 건축/인테리어 디자인, 미술, 무용, 음악 각 분야의 외국 잡지를 사보는 것도 교양과 문화예술 관련 식견을 넓히는데 큰 도움이 될 것이다. 특히 잡지 천국 일본에는 훌륭한 문화예술 관련 매거진이 많다.

__《상류사회 여자 되기》 저자 김은 님 자료 제공

미국의 10대 여성 패션 매장
이곳에 들러 하나 정도 구매하거나 세일 판매 상품을 찾아보라!

❀ **프레드 세갈**Fred Segal : 캘리포니아 주 로스앤젤레스
당대의 인기 있는 스타들이 들르는 멜로즈 가의 하이 패션 메카.
(멜로즈 가:1980년대부터 젊은이들이 모여들어 악기점, 유명디자이너 브랜드의 부티크, 액세서리 숍, 화제의 레스토랑과 카페 등이 생기며 발달한 장소, LA 로데오 드라이브는 세계 유명 브랜드의 상점이 밀집해 있지만 스타일리쉬한 여자들은 오히려 멜로즈 거리를 찾는다. 특히 그 중에서도 세련된 부티크가 모여 있는 프레드 세갈이 트렌드 리더들의 쇼핑 천국, 제니퍼 애니스톤, 카메론 디아즈, 줄리아 로버츠, 멕 라이언, 위노라 라이더, 니콜 키드먼, 리즈 위더스푼, 기네스 펠트로 등 이름만 대면 알 만한 스타들이 자주 출몰하는 곳으로도 유명하다.)

❀ **라일리 제임스**Riley James : 캘리포니아 주 샌프란시스코
도시의 '가장 매력적인' 여성들이 최신 유행을 선도하는 이 화려한 부티크에 모여 든다.

❀ **베이스**Base : 플로리다 주 마이애미비치
디자이너 스티븐 가일즈Steven Giles가 마이애미비치 상점가의 '남부 비치 스타일'을 완벽하게 바꿔놓았다.

❀ **밋지 앤 로마노**Mitzi and Romano : 조지아 주 애틀랜타
멋쟁이들의 눈을 자극하는 액세서리 코너, 선반 층층이 걸린 최신 유행 스타일이 당신을 완벽하게 변화시킬 것이다.

❀ **크리스타 케이**Krista K : 일리노이 주 시카고
호숫가 전경이 아름다운 이 부티크는 여성스러움과 세련미가 만나 최고급 여성을 만들어 주는 활기찬 곳으로 유명하다.

❀ **헴라인**Hemline : 루이지애나 주, 뉴올리언스

해당 시즌의 최신 스타일의 프랜차이즈로 디자이너들의 런웨이 패션을 쉽게 접할 수 있는 곳.

- 위시^{Wish} : 매사추세츠 주 보스턴
  최신 유행하는 스타일이 모두 모여 있는 꿈의 매장.

- 질 앤더슨^{Jill Anderson} : 뉴욕 주 뉴욕
  도시 디바들을 위한 깔끔하고 유행을 타지 않는 간지 나는 디자이너 의류가 여기에 있다.

- 레나 메도예프 스튜디오^{Lena Medoyeff Studio} : 오리건 주 포틀랜드
  포틀랜드 디자이너의 고급스러움과 깔끔함이 어우러진 우아한 스타일의 향연.

- 미 앤 블루 부티크^{Me & Blue Boutique} : 펜실베이니아 주 필라델피아
  신분 상승을 꿈꾸는 패션 리더들이 찾는 부티크.

패션 디자이너 의류들을 판매하는 웹사이트

가까운 곳의 명품 위탁 매장(쓰지 않는 물건들을 맡아 팔고 수수료를 받는 점포)에 들르지 않아도 얼마든지 부티나는 옷을 구입할 수 있다. 아르마니 블랙 라벨이나 바이난, 베스벤, 디올, 돌체 앤 가바나, 페라가모, 구찌, 에르메스, 지미 추, 케이트 스페이드, 쥬디스 리버, 마놀로 블라닉, 루이비통, 모스키노, 노렐, 프라다, 푸치, 세인트 존, 발렌티노 등의 명품을 다음의 온라인 매장에서 구매할 수 있다.

- www.ritzconsignment.com
- www.jillsconsignment.com
- www.turnaboutshoppe.com

in Korea

한국의 패션 리더들은 주로 어디에서 옷을 구입하는가? 스타일 좋기로 유명한 연예인들의 스타일리스트들은 주로 해외 원정 쇼핑을 하는 것으로 알려져

있고, 일부 부잣집 사모님과 자제들은 명품 브랜드 본사에서 보내주는 VIP 전용 패션쇼(항공권과 리무진이 제공됨)에 초대받아 즐긴 뒤, 서울로 돌아와 찍어둔 의상의 번호만 읊으면 자신의 몸에 꼭 맞는 컬렉션 의상이 바로 배달되어 온다고 한다. 이런 일이 불가능한 패션 리더들은 청담동 일대의 명품숍, 강남 일대의 백화점, 롯데와 신세계 백화점 본점, 호텔 아케이드, 분더숍이나 무이(컬렉션 의류나 국내 입점이 안된 브랜드 의류의 최신 스타일을 만날 수 있는 편집 매장), 위즈위드(준명품 디자이너 브랜드들의 최신 유행 스타일을 만날 수 있는 온라인 패션몰) 등에서 쇼핑하는 편이다. 일부 명품 중고숍이나 이태원, 동대문 등을 즐기는 트랜드 리더들도 있다는 데, 부자들 눈에 멋지게 뵈고 싶다면 짝퉁은 절대 조심하라고 충고한다.

— 다수의 패션리더를 친구로 둔 M양 제보. 동부이촌동 거주

고가의 선물을 받았을 때 당신의 태도는?

돈 많은 남자와 데이트를 하는 많은 여자들의 행동을 보면 매순간이 살얼음판을 걷는 듯 불안불안하고 답답하기만 하다. 이 여자들은 가장 특별한 날이나 깜짝 선물을 받을 때에도 너무 무덤덤하게 행동한다. 또한 기대치만 높아서 웬만한 것들은 쳐다도 안 보고 비싸고 좋은 것에만 열광하는 통에 남자들은 질리고 만다. 그러니 이런 촌스러운 행동은 절대 금물! 당신이 돈 많은 남자와 함께 있을 때 아무리 불안하고 겁을 먹었다 하더라도, 혹여 선물이 기대치에 미치지 못한다 하더라도 절대 부정적인 반응을 보여서는 안 된다. 방어적이고 까다롭게 굴지 말고 항상 솔직하게 행동하고 진심으로 감사하는 태도를 보여라.

흔하지 않은 자동차나 큰 요트, 깍듯한 집사, 대리석이 쫙

깔린 으리으리한 저택 등에 대해 칭찬하되, 이런 것들을 난생 처음 본다는 듯이 행동하지는 마라. 그보다 더 촌스럽고 최악 인 반응은 있지도 않은 셜리 고모가 호보켄^{Hoboken}에 이런 저택 등을 가지고 있다며 허풍을 떠는 것이다. 당신이 근사하고 값 비싸며 심하게 크기까지 한 이러한 물건들에 감사하는 이유는 단지 그것들이 즐겁고 안락하며 편안해 보이기 때문이라는 인 식을 심어주어라. 명심하라! 절대 값이 비싸서 좋아하는 것이 아니다.

💲 **비굴포인트 #19** 최고급 선물을 받고도 호들갑떨지 않고 평정을 유지하며 진심으로 감사를 표현하는 방법을 안다.

작은 것에 감동받은 척하기!

돈 많은 사람들이 열광하는 것은 평범한 것에서 기쁨을 누리 는 것이므로 당신도 그럴 준비가 되어 있어야 한다. 이들 부자 들에게는 밋밋하고 값싸며 조잡한 것들이 모두 특별하게 보인 다. 두꺼운 안심 스테이크가 당신에게는 색다른 매력인 것처 럼 돈 많은 남자들은 빅맥 햄버거를 특이하게 느낀다. 그러므 로 당신의 부유한 왕자님이 갑자기 맥도널드로 방향을 틀어 다진 고기를 넣은 햄버거를 아무렇게나 접시에 담아 먹게 되 더라도(거의 억지로 먹어야 할 것이지만) 이것이 또 하나의 새롭고 황홀한 경험인 양 행동하라. "어쩜, 이렇게 탁월한 선택을 했 어요? 소스가 아주 독특해요."라는 식으로 말하라. "이런 음 식은 정말이지 못 먹겠어요. 입 안에서 돌이 굴러다니는 것 같아요."라고 말하는 것은 자살 행위다.

💲 **비굴포인트 #20** 돈을 거의 안 쓰거나 싼 게 비지떡이라는 식의 이상한 취향을 가진 부자에게도 인내심을 발휘할 수 있다.

말투나 어조는 자연스럽고 세련되게…

말할 때는 평상시처럼 하되, 가능한 한 문법에 맞게 말해야 한다. 그리고 돈 많은 사람들의 말투나 어조를 따라하지 마라. 이들은 자신만의 독특한 억양이 있다는 사실을 특권처럼 생각한다. 세련된 말투는 부유한 사람들이 향유하는 하나의 재미인 동시에, 자기 영역을 침해하는 사람들로부터 자신을 방어하기 위해 사용하는 하나의 보루이기도 하다. 때문에 괜히 어설프게 이들 말투를 따라하려 한다면 금세 들통이 날 것이며, 가식적인 행동을 하는 데 저급한 목적이 있을 거라는 의심까지 받게 될 것이다.

가장 훌륭한 말하기 방법은 당신에게 가장 자연스러운 어조나 말투로, 항상 하던 방식으로 말하는 것이다.(자신의 말씨에 불만이 있다면 기본 방식에서 약간만 노선을 수정해도 좋을 것이고.) 돈 많은 사람들 중에는 비컨 힐^{Beacon Hill}(보스턴 코먼의 북쪽에 위치. 이곳은 보스턴에서 가장 역사적이며 부유한 주택가―18세기와 19세기풍의 고전양식의 유명한 주택들이 있다―이자 산책 코스로도 유명하다.)사람들처럼 거만하게 큰 소리로 말하거나 파크 애비뉴^{Park Avenue}(뉴욕 시의 번화가이자 변화의 중심지) 사람들처럼 부자연스럽게 떠들어대지 않는 사람들도 많다. 또한 어색하게 영국식 발음을 흉내 내지도 않는다. 독특한 말투는 제쳐놓더라도 이들 상류층 사람들은 대개 말을 조리 있게 잘하며, 비록 그 말 속에 세련미는 없더라도 최소한 정확하게는 말한다. 나아가 이들은 자신이 말하려던 것을 확실하게 이야기할 줄 알고 원하는 바를 거침없이 요구한다. 소위 말하는 '졸부' 들은 영어를 사용하는 데 있어서 순수 상류층 사람들만큼 품위가 있진 않지만, 어떤 것이 뼈대 있는 가문에서 사용하는 말투고 어떤 것이 아닌지는 금방 알아차린다.

천방지축의 빠른 말투는 부유층 사회에서는 심각한 실격 사유가 되지만, 그렇다고 해외 물 좀 먹은 듯한 과장된 말투로 미국 촌뜨기의 말투를 억지로 감추려고 해서는 절대 안 된다. 진실한 아가씨는 돈 많은 남자에게 매력을 풍길 수 있지만, 만약 그것이 '연기' 임이 드러나면 금방 경멸의 대상으로 전락하고 말테니까. 당신은 파리는 가보지도 못한(텍사스의 파리(텍사스에도 파리라는 작은 도시가 있음)가 아니다) 피츠버그나(미국 펜실베이니아 주 서쪽에 있는 공업도시) 퍼세이익(미국 뉴저지 주 북동부에 있는 방직공업 중심 산업도시) 출신이라는 사실을 항상 기억하라.

💲 **비굴포인트 #21** 촌티나는 말씨나 어조를 부자들이 좋아할 만한 그것으로 바꿀 의향과 자신이 있다.

보답 선물은 최대한 창의력을 발휘해서…
돈 많은 남자의 초대나 선물에 보답하고자 할 때 이들과 경쟁하려고 들지 마라. 그는 당신이 고마워하기를 바랄 뿐이지 결코 똑같이 값비싼 선물을 받고 싶어 하지 않는다. 당신이 감당

하지도 못할 값비싼 저녁 식사를 대접한다고 나서면 백이면 백 실패한다. 대신 집 옥상에 촛불을 켜고 야외 만찬을 준비한다거나 특별한 장소에서 특별한 시간대에 실내 소풍을 준비하는 것처럼 창의적인 방법을 동원해야 한다. 〈나는 결백하다^{To Catch a Thief}(알프레도 히치콕 감독의 고전 영화)〉를 상영하는 영화관에 샴페인과 캐비어를 몰래 숨겨서 들어가거나 특별 자동차 쇼의 한 구석에 준비해간 담요를 펼쳐놓고 특별한 야외 식사를 준비하는 것도 좋은 방법이다. 물론 티파니 거리를 활보하며 아침을 먹는 것도 잊어서는 안 된다. 그가 특별한 사람들과 함께 어울릴 수 있는 흥미진진한 장소로 데려가라. 실내악 콘서트나 프로 권투 게임 등은 모두 그가 접해보지 못한 흥미로운 사람들을 만날 수 있는 이색적인 경험이 될 것이다.

거듭 강조하건대 돈 많은 남자에게 선물을 하려면 가격보다는 창의력에 중점을 두어야 한다. 작지만 의미 있는 선물은 어디에나 있는 비싼 선물보다 항상 더 가치 있게 마련이다. 돈 많은 사람들끼리는 대개 서로에게 딱 맞는 선물을 주고받는다. 꼭 값비싼 것이 아니라도 상대의 개인적인 취향을 만족시킬 수 있는 작지만 탁월한 선물을 준비하는 것. 그러니 그가 감동받기를 바라거든 거창한 선물보다는 당신이 그를 얼마나 잘 이해하고 있는지를 보여주는 것을 선물하라. 예컨대 그가 좋아하는 동화책의 초판을 찾아볼 수도 있고 그가 죽고 못 사는 신선한 원두커피 한 달 분량을 사줄 수도 있다. 돈 많은 남자에게 선물할 때 성공하는 비결은 사치스럽거나 진귀한 것이 아닌, 그의 취향에 딱 맞는 선물을 하는 것이다. 이것이 바로 큰 점수를 딸 수 있는 진정한 배려인 것이다.

선물이나 칭찬에 고마움을 표시할 때에는 "고마워요."라고 말하는 것이 정석이긴 하지만, "당신은 정말 다정해요."라든가 "당신 정말 다정한 거 알아요?"라고 말하는 것도 좋다. 혹은 칭찬을 받을 때에는 "과찬이에요."라고 말하고, 선물을 받을 때에는 "이렇게 사려 깊은 선물을 하다니 당신은 정말 자상하군요."라고 말해 보자.

💲 **비굴포인트 #22** 돈 많은 남자의 취향을 완벽하게 파악하고 그가 정말 감동할 창의력 넘치는 선물을 골라 낼 안목이 있다.

벼락부자에게는 세련된 취향으로 승부하자!

갑자기 돈이 많이 생기면 낭비벽이 심해지게 마련이며, 그 정도는 나날이 심각해질 것이다. 갑자기 돈이 많아지게 된 햇병아리 부자들은 자신의 화려한 상승세가 주는 스릴감에 흠뻑 빠져 집, 사무실, 요트 등을 모조리 업그레이드 할 것이다. 이러한 행동은 자신이 고품격의 훌륭한 물건들을 구입할 능력이 생겼음을 과시하기 위한 것이다. 이런 식으로 지른 물건들을 급하게, 그 당시 유행하는 '최신식'으로 구비하기 마련이다. 결국 이 경거망동한 돈 많은 남자들의 구비품들이 모여있는 꼴은 상당히 괴상할 수밖에 없다. 이들은 이렇게 어마어마한 돈을 투자하여, 자신의 세련미가 떨어진다는 사실과 자신이 지금 멋있어 보이려고 안간힘을 쓴다는 사실을 만천하에 공개하는 셈이다. 많은 사람들이 그를 헤픈 사람이라며 비웃을 것이고 또 어떤 사람들은 그를 촌뜨기라고 손가락질할 것이다. 한편 어떤 남자들은 자신이 치장해 놓은 촌스럽게 번지르르한 환경에 도취되어 혼자서도 잘 산다. 반면에 또 어떤 남자들은 다른 사람들의 비웃음에 크게 상처받고 이것이 약이 되어, 돈을 아무리 뿌리고 다녀도 자신의 부나 취향을 과시할 수 없음을 깨닫는다. 그러다보니 이러한 돈 많은 벼락부자들에게는 세련된 감각을 지닌 여자가 더없이 소중한 조언자가 될 수 있다. 이러한 궁지에 몰린 남자들을 만나면 이 상황에 직접 뛰어 들어 당신만의 세련된 취향으로 이들을 구해줄 수 있어야 한다.

당신이 만약 경제적으로 쪼달려 고급스런 취향을 마음껏 발휘할 기회를 박탈당한 채 살아왔다고 하더라도 당신이 이미 가지고 있는(혹은 열심히 수련한 결과로 가지게 된) 세련된 감각은 없어지지 않는다. 이런 고급스런 취향이 절대 부유층에게만 한정된 것이 아니라고 여겨도 된다. 상류층 사람들도 마치 작은 연극처럼 그들만의 세계에서 자기만의 세련된 감각을 과시하기 위해 상당히 애쓰고 있으며, 당신도 이 연극에 충분히 등장할 수 있다. 그들과 함께 자웅을 겨루려면 먼저 그 무대의 소품, 의상, 대본 등을 익혀두어야 한다는 것은 당연한 전제다. 다시 말해 건축, 인테리어 디자인, 골동품이나 트렌디한 가구, 미술품 등을 알아둘 필요가 있으며 이를 지칭하는 외래 용어들에 대한 실용적 지식도 갖추어야 할 것이다.

　　비록 나 자신은 촌티나는 분위기에서 자랐다 손 치더라도 열심히 정진하고 수련하여 부자들의 취향을 따라잡고 능가할 자신이 있다.

세 련 된 취 향 을   가 지 는   비 법 들

시중에 건축이나 예술, 가구 등에 관해 자세히 설명한 훌륭한 책들이 많이 출판되었으니 이러한 자료를 통해 각 분야에 관한 식견을 나타낼 수 있는 필수 전문 용어들을 배워둬라. 사실 책을 많이 읽어두면 집이나 그 안의 세간들에 관해 이야기할 때 주인보다 더 조리 있게 말할 수 있다. 부유한 사람들은 보통 태어날 때부터 값진 물건들에 둘러싸여 살아왔기 때문에 그 모양만 봐도 어떤 것이 진짜 값 나가는 것인지 구별할 수 있다. 그러나 증조모 때부터 내려오는 기품 있는 장롱에 대해 이들이 얼마나 자세히 알고 있을까? 아마 엄마가 경품으로 받아온 와이드 스크린 텔레비전의 최첨단 회로에 대해 당신이 알고 있는 것만큼이나 깊이 있게 이해하지는 못할 것이다.

　　모든 도서관의 예술 코너에는 무수히 많은 건축서, 가구서, 예술서 등이 있다. 그중에서 초기 미국 가정집이나 골동품에 관한 내용들을 훑어보아라. 도서관을 나온 후에는 박물관이나 골동품 상점에서 시간을 보내는 것도 도움이 될 것이다. 더불어 책을 통해 얻은 해박한 지식을 기초로 큐레이터나 상점 주인에게 질문을 한다면, 당신은 그 분야에 정말 관심이 있는 사람처럼 보일 것이며 이들은 대개 기쁜 마음으로 정보를 제공할 것이다. 이것이 (무료) 현장 학습이 아니고 뭐겠는가.

음악이나 그림, 문학 영역에 대한 관심이나 견해는 그 지식이 특출할 경우에만 표현해야 한다. 예술품에 대한 지식이 넘치는 사람들은 거의 말을 하지 않는다고 보면 된다. 틀린 이야기를 하거나 짧게 언급하고 마는 것보다는 깊은 관심을 나타내면서도 조용히 경청하는 것이 더 해박하고 세련되 보일 것이다.

💲 **비굴포인트 #24** 부자들의 세련된 취향을 습득하기 위해서라면 책이든, 논문이든, 특강이든, 전시회든, 어디든 달려가 공부하겠다.

완전 중요한 패션 감각 기르기!

건축이나 미술에 대해 깊이 있는 대화를 나눌 정도의 지식은 오히려 쉽게 쌓을 수 있다. 자동차나 보트, 경주마 등과 같이 좀더 색다른 분야에 대한 지식도 어느 정도 쌓아둔다면야 좋겠지만 필수 요건은 아니다. 그러나 패션은 말할 필요도 없이 전혀 다른 차원의 문제. 패션이 화두로 떠오를 때 단순한 대화를 통해 패션 지식을 말로 표현하는 것만으로는 당신의 매력을 충분히 발산할 수 없다. 사람들도 오로지 당신의 현재 스타일을 통해서만 당신의 취향을 판단한다. 게다가 옷을 입는 방식은 당신이 사람들로부터 어떤 대접을 받으려 하는지를 표현하는 하나의 신호이기도 하다. 때문에 지나치게 간소하게 입으면 패션 감각이 없는 것처럼 보일 수 있으며 필요 이상으로 치장하면 교양 없어 보일지도 모른다(화장이나 헤어스타일도 마찬가지다).

◉ 01. 적어도 좋은 옷 한 벌과 화려한 액세서리 하나 정도는 있어야 한다.

예컨대 미니어처 티파니^{Tiffany}나 까르띠에^{Cartier} 탱크 시계는 그렇게 비싸지 않으면서 고급스러움을 확실하게 표현할 수 있다. 또한 몽블랑 펜은 그 자체로는 별거 아니지만 항상 샤넬 가방에 꽂아 들고 다니면 효과가 있다. 이렇듯 당신만의 특징적인 스타일을 만들려고 노력한다면 다른 것은 술술 풀릴 것이다. 예를 들어 정말 좋은 옷 한 두 벌만 갖추면 이에 맞춰 코디하기가 훨씬 쉬워질 것이라는 얘기되시겠다.

◉ 02. 구경은 하되 사지는 마라.

작금의 패션 산업은 유행에 민감한 여성들의 광적인 소비 심리를 자극함으로써 진정한 세련미가 무엇인지에 대한 객관적인 시각을 잃어버리도록 만들었다. 때문에 여성들은 패션 잡지를 몇 권만 읽어도 패션 디자이너나 광고주, 편집자들의 필사적인 유혹의 손길에 못 이겨 여기저기로 무분별하게 끌려다니고 만다. 만약 이러한 난국을 뚫고 자신만의 스타일을 찾고 싶으면 그냥 조용히 있어야 한다. 당신 옷장이 뭔가 부족해 보이도록 만드는 것은 단순한 마케팅 전략임을 기억해야 한다. 그러므로 결코 이러한 유혹에 넘어가서는 안 된다.

패션 잡지를 넘기거나 멋진 패션 거리를 걸을 때마다 매번 쇼퍼홀릭이나 벼락부자들처럼 충동구매에 혹해서는 안 된다. 구경은 하되 사지는 마라. 전통 있는 부유층들의 태도를 따라하려고 노력해라. 다시 말해, 당신이 어떤 물건을 가지고 있지 않다면 아마 그것은 가질 필요가 없는 것이기 때문일 것이다.

잡지를 읽고 매장에 들러 구경하면서 흥미로운 패션 산업의 분위기만을 즐겨라. 그러면서 당신의 개성을 잘 표현해주는 옷, 스타일이나 사이즈가 딱 맞는 옷만 입어보아라. 그러고도 사지는 말아라. 바로 그 아이템이 더 고급스럽게 출시된 다른 매장이 있을 수도 있고 한철만 장식할 스타일일 수도 있다. 그 아이템이 몇날며칠 기억 속에서 잊혀지지 않는다면 그때가 비로소 지갑을 열 때다.

◉ 03. 나이 든 여자들의 클래식함을 배워라.

패션에 대해 이러쿵저러쿵 필요 이상의 말을 삼가도록 하자. 형편없는 취향은 훌륭한 취향보다 더 잘 드러나기 마련이므로 옷을 선택할 때에는 말을 삼가는 것을 원칙으로 삼아라. 몇 명 (널리 알려진 몇 명)을 제외한 거의 모든 상류층 여자들이 클래식한 옷을 입으며 고풍스런 스타일을 고집한다. 만약 당신도 그런 방식을 따른다면 당신에게 잘 어울리는 스타일을 더 쉽게 만들 수 있을 것이다. 그렇게만 할 수 있다면 지위나 자기포장에 급급해 충동구매를 일삼는 촌스러운 졸부나 야심에 쩔은 패션피플보다 한 수 위가 될 것이다.

자기만의 고급한 스타일을 만들고 싶다면 아래 추천하는 방법도 좋다. 당신이 몇 년 안에 저렇게 되고 싶다고 생각한 좀더 나이든 여성에 대해 조금만 공부하는 것이다. 하지만 그렇다고 해서 당신만의 독특한 개성을 완전히 버리지는 마라. 부유하든 가난하든지에 상관없이 여성의 아름다움과 신비함은 운동이나 성형수술, 혹은 인위적인 화장으로 얻을 수 있는 부자연스러운 산물이 아니다. 그것은 내면에서 우러나오는 자연스러운 과정이다. 매력과 우아함은 인위적으로 얻어지는 것이 아니라 자연히 계발되는 것이라는 사실을 늘 명심하도록…

◉ 04. 나이에 걸맞는 기본 아이템들을 갖춰라!

돈이 많이 들기는 하지만 간단하고 확실한 조언을 얻기 위해 나는 리즈 파커의 도움을 얻었다. 그녀는 이렇게 조언한다. 20대에는 디올, 베르사체와 돌체 앤 가바나를 함께 입어라. 그리고 30세가 넘으면 구찌나 도나 카란, 프라다(가능하면 옷 종류로) 등에 투자하라. 40세 이상 되면 아르마니나 예거, 버버리를 애용해야 한다.

돈이 넉넉치 않다면 패션 디자이너들의 옷을 전문으로 하는 위탁 판매점을 활용할 수 있다. 이것은 샤넬 백이나 예거 재킷을 수중에 얻을 수 있는 훌륭한 방법이다. 적은 예산으로 완벽한 옷 한두 벌과 당신에게 딱 맞는 액세서리 하나쯤을 장만하려면 사전 조사를 철저히 해라. 너무 야해보이지는 않을까? 짝퉁처럼 보이지는 않을까? 절대 착용하지 말아야 할 것은 무엇일까? 심플하면서도 세련된 옷과 보석류는 많은 돈을 투자하지 않아도 살 수 있다. 마샬^{Marshall's}, 타겟^{Target}, 티 제이 맥스^{T.J.Maxx} 등의 매장에서는 제품을 저렴하게 구입할 수 있을 것이다.

가능하다면 항상 입는(혹은 가지고 다니는) 값비싼 일류 아이템을 하나 정도 보유하도록 한다. 이는 당신의 품위를 과시하는 것일 뿐만 아니라, 이러한 아이템을 열 개도 넘게 가지고 있는 사람들과 어울릴 때 상당한 자신감을 줄 수도 있다. 예컨 대 8미리짜리 진주 목걸이는 수영복을 제외한 모든 옷에 잘 어울리며 다이아몬드 장식 역시 아무 옷에나 잘 어울린다.

🔵 **비글포인트 #25**　나의 촌스러운 취향이 극명하게 드러나는 것은 바로 패션스타일이다. 고급한 스타일을 표현하기 위해 돈을 투자하는 것 은 물론이고 발품을 팔 수도 있고, 안면몰수하고 전 매장을 들락거릴 수 있으며, 그동안의 패션스타일을 과감하게 버릴 수 있다.

건 강 과　몸 매 관 리　그 리 고　어 려 보 이 기 !

적당하게 운동하고 올바른 식습관을 가져라. 이것은 당연한 말처럼 들리겠지만, 돈 많은 남편감을 찾을 때 굉장히 필요한 핵심 요소다. 돈 많은 남자들은 대개 자신이 최고로 좋은 것을 가질 자격이 있다고 생각하며, 우리 모두 알다시피 요즘과 같 은 시대에 건강미와 어려보이는 외모는 '최고의 신붓감'이 되 기 위한 필수 요건이다. 하지만 안타깝게도 미*에는 돈이 많 이 든다. 그러므로 만약 돈이 많지 않다면 까다로운(그리고 스 스로 어찌할 수 없는 신체적인 요건들) 일들은 전문가에게 맡기고 (헤어, 왁싱, 마사지 등), 그 외 집에서 할 수 있는 것들을 해 보자 (비디오테이프나 DVD를 보면서 운동하기, 매니큐어 바르기, 집에서 만 들거나 구입한 마스크하기 등).

집에서 혼자 이런 것들을 하는 것이 영 못 미덥다면 동네 뷰티 스쿨에 갈 수도 있다. 이곳에서는 학생들이 저렴한 가격 에 서비스를 제공한다. 비싼 메이크업 수업을 들을 능력이 된다면 그것도 좋은 방법이다. 그렇지 않다면 무료로 메이크업을 해주는 곳에 가서 조언을 구하라(이때 주의할 점 : 이곳에서는 보통 제품을 사라고 압력을 가한다). 또한 여성 잡지를 읽어본다. 이러한 잡지에는 적은 돈으로 건강, 체력, 피부 등을 관리할 수 있는 훌륭한 내용들이 가득하다.

물론 핵심은 건강을 유지하고 균형 잡힌 생활을 하는 것이다. 건강한 삶은 생산성은 향상시키면서 스트레스 수치는 감소시킨다. 매일 운동하라. 그리고 커피 대신 홍차를 마시면 신경이 덜 예민해질 것이다. 아울러 물을 많이 마시면 식욕은 억제되는 대신 에너지는 계속 상승할 것이다.

어쨌거나 명심해야 할 가장 중요한 사항은 멋진 삶을 살려거든 남부럽지 않은 몸매와 죽이는 외모 이상의 무언가가 필요하다는 것이다. 만약 당신이 건강하고 만족스러운 삶을 살고 있다면 당신의 모든 행동에서 건강미가 배어나올 것이다. 아울러 당신에게서 풍기는 이러한 분위기는 돈 많은 남자를 사로잡는 데 결정적인 그 무언가가 돼줄 것이다.

💲 **비굴포인트 #26** 돈 많은 남자를 꼬시기 위해서라면 매일매일 꾸준히 운동하고 식습관을 완벽하게 바꾸는 등 미용에 나의 모든 것을 투자할 수 있다.

타깃男 프로필
예술가/독창적인 남자

나이 : 31세

키 : 183cm

몸무게 : 82kg

취미 : 권투, 발레, 체스

순자산 : 510만 달러

드문 경우이긴 하지만 예술가나 독창적인 사람 역시 오래된 사회 인사들로서 한 자리를 차지할 준비가 되어있는 사람들이다. 독창성이나 신선함을 열망하고 있다면 이러한 유형이 바로 당신의 남자이다. 이 창의적인 예술가들은 난폭한 천성을 기꺼이 참아줄 수 있는 여자라면 누구에게나 자신의 재정권을 넘겨줄 것이다. 짐작하겠지만 잔소리는 절대 금물이다.

예술가/독창적인 남자 미니 인터뷰

Q. 왜 아직도 혼자세요?

A. 그루초 막스Groucho Marx(미국의 슬랩스틱 코미디 배우이자 작가, 시나리오 작가)가 예전에 말했지요. "내가 한 명의 일원으로밖에 자리를 차지할 수 없는 클럽에는 절대 가입하지 않을 것이다." 저도 마찬가지지요.

Q. 어떤 스타일의 여자를 좋아하세요?

A. 모든 움직임에서 악마적인 요소가 느껴지는 매정한 여자요. 저는 도시에서 자란 노동 계급의 거친 여자가 좋아요.

Q. 어느 정도 조건이 되어야 결혼하실 건가요?

A. 니코틴에 쩔은 도시 남자를 혐오하는 여자의 마음을 녹이는 데 성공하면요.

Q. 이전의 여자들과는 얼마나 오래 연애하셨나요?

A. 제가 끝내고 싶어지기 전까지요.

Q. 한 번에 두 명 이상의 여자를 만나기도 하나요?

A. 아니요. 제 상대들은 굉장히 열정적이거든요.

Q. 어떤 방법으로 여자를 만나나요?

A. 고급 미팅이나 시립 체육관에서요.

타깃男 프로필
아티스트

나이 : 35세

키 : 180cm

몸무게 : 69kg

취미 : 작곡, 예술분야의 각종 기획, 골동품 수집, 카레이싱

순자산 : 77억

Q. 왜 아직도 혼자세요?

A. 혼자가 아니라고 생각하니까요. 늘 누군가가 있어요. 그것이 짝사랑이든 뭐든 간에요.

Q. 어떤 스타일의 여자를 좋아하세요?

A. 말이 통하고 스타일이 좋은 여자요. 그간 만난 여자들을 떠올려보면 정숙한 여자를 좋아하는 것 같아요. 그치만 저나 제 친구들과 이야기가 통하는 여자들은 대개 경쾌하고 유쾌한 사고와 말발이 있는 여자였던 것 같아요. 친구들 말에 의하면 제가 유명한 여자들을 좋아한다고 하는데 그건 아닌 것 같고요. 그냥 눈길이 가는 여자들과 만나고 보면 좀 튀는 여자인 경우가 있었던 것 같아요. 헤어진 이유들도 그녀들이 너무 튀기 때문이었던 것 같은데, 제가 좀 양면성이 있는 것 같기도 하고…. 말하다보니 저도 제가 어떤 여자를 좋아하는지 헷갈리네요.

Q. 어느 정도 조건이 되어야 결혼하실 건가요?

A. 이 사람이면 평생 내 곁을 지켜주겠구나 하는 여자를 만나면요.

Q. 이전의 여자들과는 얼마나 오래 연애하셨나요?

A. 저는 여자를 길게 만나는 편이에요. 적어도 1년, 길게는 5년까지도 만났지요.

Q. 한 번에 두 명 이상의 여자를 만나기도 하나요?

A. 아뇨. 하지만 상대 여자가 그렇다고 느낄 가능성이 있는 연애도 몇 건 있긴 하겠네요.

Q. 어떤 방법으로 여자를 만나나요?

A. 친구들끼리 여는 파티나 일 때문에 미팅하거나 할 때요.

How to **06** Marry Money

돈 많은
남자들이
열광하는
음식과 요리

나는 이것만이 확실한 진실이라 본다.
적극적인 노력 없이 원래 타고나길
풍족한 결혼생활을 누릴 자격이 있는 여자만이
자신이 좋아하는 사람과 결혼하게 될 것이다.

__ 윌리엄 메이크피스 새커리
　　William Makepeace Thackeray

음.

식.

은.

굉장한 무기이다. 모든 사람들이 먹어야 살고 사람들 대부분
은 먹는 것을 좋아한다. 더 훌륭한 사실은 부유하게 자라지 않
은 여자들도 훌륭한 음식을 만들 수 있다는 것이다.

　구애 작전을 펴는 데 있어서 음식과 요리의 중요성은 아무
리 강조해도 지나치지 않다. 음식은 종종 친밀감의 표시로 활
용되며 멋진 음악이 함께라면 상대방에게 다양한 추억을 만들
어줄 것이다.

　더 나아가 누군가를 위해 요리를 하는 것은 그 행위 자체
가 '사랑하는 이를 위해 요리하는 시간과 정열이 전혀 아깝지
않다' 는 당신의 감정을 알리는 신호다. 하지만 음식을 못한다
고 두려워하지는 마라. 메뉴만 잘 정한다면(조리된 음식을 사오
든 직접 요리를 하든 상관없이) 당신이 상대에게 얼마나 관심이 많
은지를 증명할 수 있으며 나중에 좋은 추억으로도 남을 수 있
을 테니 말이다.

행복한 가정을 원했던 두 이혼 남녀

"우리 아이들이 우리를 엮어줬어요." 훤칠한 키와 눈에 띄는 미모에 사회적 능력도 있는 웬디[Wendy]가 말한다. 그녀는 서른다섯 살의 나이에 지역 라켓 클럽에서 스쿼시 프로 선수로 활동했었다. "라켓으로 저는 일자리를 얻었고 제 아들 제이크를 사립학교에 보낼 수 있었지요."

학교 축구 시합에서 그녀의 아들은 한 아이를 넘어뜨렸다. 그의 아빠는 보스턴에 빌딩을 몇 채 갖고 있는 사람이었다. 그녀는 신나게 응원을 했고 그 남자는 마구 투덜댔다. 그러다 두 사람은 서로 마주보고 웃어버렸다. 게임이 끝나고 뒤풀이 시간에 이들은 더욱 즐겁게 떠들었으며 다음 주 일요일 아이들과 함께 크레인 비치로 피크닉을 가자고 약속했다.

"토니는 홀아비였고 아들에게 매우 헌신적인 아빠였어요. 그는 폴이 자율학습 이상의 더 나은 교육을 받기를 원했기 때문에 일하는 현장에 데려가지 않았답니다. 토니는 확실히 아들을 어디든 취직시킬 수 있을 만큼 돈이 많았어요. 하지만 그는 그것이 전부가 아니라는 것을 알고 있었지요. 그는 제 아들인 제이크를 좋아했어요. 왜냐하면 제이크는 폴에게 교양 있고 훌륭한 친구가 될 것 같았거든요. 어찌저찌 해서 지금은 이렇게 같이 살게 되었네요. 전 우리 모두가 여러 가지 면에서 서로의 삶을 풍족하게 만들어줬다고 생각해요."

이들 가족을 직접 봤다면 당신도 아마 그녀의 말에 동의했을 것이다. 학기가 끝나면 케이프 코드에 있는 집에 온 가족이 함께 모여 여름을 보내면서 행복한 가족의 모습을 모두에게 자랑하는 그 모습을 말이다.

in Korea

서로의 상처를 안아주었던 남녀

이상하게도 어릴 적부터 꿈이 귀부인이었던 은미. 남편 없이 치열한 삶을 살아가는 엄마를 보며 키워온 꿈이라면 맞을까. 절대 고생 같은 건 하고 싶지 않았던 그녀는 대학에 입학 하자마자 부자 동아리에 가입해서 활동하기 시작했다. 그러던 중 우연하게 관심을 가지게 된 경비행기 동호회에서 백마 탄 왕자님을 만나고 말았다. 왠지 우울해 보이던 그 남자 성진. 하지만 어릴 적부터 부자 스터디를 하던 은미의 눈에 성진은 귀공자 그 자체였다. 그녀는 서두르지 않고 세련된 발랄함으로 승부하기로 작정했다. 우울한 근성에는 발랄함이 최고라는 작전으로….

경비행기 시승이 있던 날 성진은 파트너로 은미를 택한다. 겁이 났지만 은미는 과감하게 성진의 옆에 올랐고 둘의 인연은 그렇게 시작되었다. 은미의 작전대로 된 것일까? 성진은 이렇게 말한다. "늘 활기찬 은미였지만 왠지 모를 상처가 느껴졌어요. 저도 어머님이 돌아가신 때라서 마음을 잡지 못하고 방황하고 있었는데, 비행기 옆자리에 앉아 눈물을 흘리는 은미를 보았죠. 어떻게 사랑에 빠지지 않을 수 있겠어요."

은미는 무서워서 울었던 거라지만, 그 일은 아직도 비밀이란다. 하지만 데이트하는 동안 둘은 서로의 상처가 가지는 중량에 대해 공감하고 깊이 사랑에 빠지게 된다. 상견례 자리에서 홀어머니, 홀아버지가 대면했을 때 두 가족의 애틋함은 격이 맞지 않는 결혼이라는 사실을 무색하게 만들었다. 아버지의 배려로 내년 초 함께 미국으로 유학길에 오르는 은미는 조언한다. "어릴 적부터 부자 부자 노래를 부르고, 알게 모르게 귀부인 수업을 했던 것이 아버지와 성진 씨의 마음을 산 게 아닌가 해요. 제가 무작정 유쾌발랄함만으로 승부했다면 아버님이 반대하셨을 지도 모른다는 사실이 아직도 아찔하답니다. 그리고 기억하세요. 내 짝꿍이 어디가 아픈지, 무엇이 필요한지, 어떤 때 약해지는지 탐구하셔야 합니다."

물론 연애 기간 중에는 요리 솜씨를 뽐낼 수 있는 기회가 굉장히 많다. 신선한 과일을 중앙에 놓고 꽃병에는 난 하나를 꽂아두며 목재 그릇과 백랍 그릇을 심플하게 배치한다. 여기에 밝은 린넨 냅킨과 화려한 식탁용 매트 혹은 테이블보를 갖춘다면 그야말로 세심하고 독창적인 세팅이 될 것이며, 이는 흰 린넨 냅킨에 사기그릇을 세팅한 평범한 식탁에 비해 훨씬 탁월해 보일 것이다. 거실 바닥에 큰 천을 깔고 촛불을 켜면 특별한 날에 얼마든지 피크닉을 즐길 수 있다. 더 유쾌한 분위기를 만들려면 아이비리그 축구 경기장의 뒷문에서 파티를 열거나 해변에서 식사를 하거나 메이저리그 야구 경기장의 칸막이 좌석에서 핫도그와 맥주를 먹는 것도 좋다.

다음에서는 실제로 여성들이 돈 많은 남자를 차지하는 데 도움이 됐던 몇 가지 요리법을 소개하고 이것이 효과가 있었던 이유를 곁들인다.

스 파 게 티

● 파트리샤의 파스타 푸타네스카

"이 음식은 케이퍼, 올리브, 토마토, 후추로 맛을 낸 열정이 가득한 스파게티입니다." 파트리샤가 익살맞게 웃으며 이야기한다. "이 당시 제가 만나던 남자는 이탈리아 출신이었는데 매운 음식을 아주 좋아했지요. 그래서 저는 이탈리아 요리 강좌를 들어 음식 만드는 법을 배웠답니다."

- 엑스트라 버진 올리브 오일 4분의 1컵
- 납작한 엔초비 저민 것(소금이나 올리브 오일 처리 후 잘게 다진 것) 2오즈(oz)짜리 캔 두 개
- 굵은 햇마늘 6통(다질 것)
- 고춧가루(핫 레드 플레이크) 2분의 1티스푼, 기호에 맞게 조절
- 소금

- 껍질을 벗겨 즙을 낸 이탈리안 플럼 토마토 혹은 으깬 토마토 루페 28오즈(oz)짜리 캔 한 개
- 이탈리아 가에타Gaeta나 프랑스 니옹Nyons 올리브처럼 소금 간을 한 블랙 올리브 20개, 씨를 빼고 이등분
- 케이퍼 3테이블스푼, 말려서 씻음
- 건조한 이탈리안 스파게티 1파운드
- 신선한 파슬리 잎 1컵, 잘게 다짐

파스타를 담을 만큼 충분히 큰 프라이팬에 오일, 엔초비, 마늘, 고춧가루, 소금 조금을 넣고 기름이 프라이팬에 골고루 퍼지도록 잘 저어준다. 중간 불에서 마늘이 황금 갈색이 될 때까지, 그러나 파삭하지는 않게 2~3분간 조리한다. 캔을 따 즉석에서 토마토를 넣되, 뭉쳐 있다면 손으로 으깨준다. 여기에 올리브와 케이퍼를 첨가한다. 간을 맞추기 위해 맛을 보면서 잘 섞이도록 저어주고, 양념이 걸쭉해지기 시작할 때까지 약 15분간 뚜껑을 덮지 않은 채 약한 불로 끓인다.

그동안 큰 냄비에 물을 약 6리터 넣고 휘저으며 끓인다. 스파게티와 함께 소금 3테이블스푼을 첨가하고 눌어붙지 않도록 잘 저어준다. 위에 얇은 막이 생길 때까지 조리한다. 파스타가 다 익으면 물기를 쫙 뺀다.

물기를 뺀 파스타를 양념이 든 프라이팬에 붓는다. 잘 섞은 후 불을 끈 채 1~2분간 두어 파스타에 양념이 고루 배이도록 한다. 그다음 파슬리를 첨가하고 다시 잘 섞는다. 마지막으로 따뜻하게 데운 얇은 그릇에 파스타를 옮겨 담고 즉시 대접한다.

이 요리법은 6인용이며, 안티노리^{Antinori}나 리카솔리^{Ricasoli} 지역의 믿을 만한 와인 품종 끼안티^{Chianti}와 곁들여 먹는다.

스테이크 & 소스

◉ 뎁의 매리네이드 황새치 스테이크

뎁은 섹스 여신 같은 외모를 지니고 있지만, 요리는 조금만 더 복잡해져도 전혀 할 줄 몰랐다. "괜찮은 남자를 차지하는 데 음식은 정말 중요하죠. 그리고 특별한 저녁 식사는 놀랄 만큼 로맨틱할 수도 있고요. 제가 항상 요리를 잘했던 것은 아니지만 제 미래 남편감이 저희 집에서 처음으로 저녁식사를 한 날에는 뭔가 고급스런 음식을 만들어주고 싶었죠. 그래서 생각해낸 것이 바로 이 쉬운 메인 코스였어요."

· 황새치 스테이크 2파운드
· 레몬 즙(1개 분량)
· 엑스트라 버진 올리브 오일 2테이블스푼
· 마늘 4통(큰 것) 곱게 다진 것
· 신선한 로즈마리 곱게 다진 것 2티스푼 이하

모든 재료를 얕은 접시에 잘 섞고 20~30분간 매리네이드(와인, 초, 기름, 약초 및 향미료를 섞은 양념 국물)에 담근다. 황새치 스테이크를 뜨거운 석쇠에서 약 4분간 한 쪽씩 굽는다. 굽는 동안 매리네이드를 계속 발라준다.

망고 살사 소스와 함께 4인분을 대접한다(p.120).

◉ 뎁의 망고 살사 소스

- · 잘 익은 망고 1개, 깍둑썰기
- · 신선한 라임 즙(1개 분량)
- · 빨간 피망 2분의 1개, 깍둑썰기
- · 작은 고추 1개, 깍둑썰기
- · 실란트로(멕시코 요리에서 쓰는 고수 잎) 다진 것 2테이블스푼
- · 신선한 잘라페뇨 다진 것 1테이블스푼
- · 멜린다 핫소스 2대시
- · 소금, 신선한 후춧가루, 기호에 맞게 조절

모든 재료를 함께 잘 섞어 몇 시간 동안 그대로 둔다. 톡 쏘는 살사 소스 1½ 컵이 만들어지면 3일 동안 냉장고에 보관할 수 있다. 루이 라뚜르$^{Louis\ Latour}$나 삐에르 아미오$^{Pierre\ Amiot}$ 지역의 신선한 부르고뉴 와인 품종과 함께 대접한다.

달 콤 한 후 식

◉ 구디의 초콜릿 케이크

"이 음식이 남편이 어렸을 때부터 좋아하던 것이라는 사실을 알고는 어느 날 저녁식사에 초대했죠. 관계를 좀 진전시켜 보려고요." 구디가 말한다. "효과만점이었어요. 그는 그날 밤 (자신의 추억이 어린) 후식을 먹은 후에 제게 프러포즈를 했답니다."

- · 던켄하인스$^{Duncan\ Hines}$ 초콜릿 케이크 믹스 1봉지(18 오즈)
- · 계피 1티스푼
- · 헬만^{Hellmann} 마요네즈 1컵
- · 물 1컵, 계란 3개

오븐을 350°까지 미리 가열한다. 9인치짜리 팬 두 개에 요리용 스프레이를 뿌리고 밀가루를 입힌다. 큰 혼합용 그릇에 케이크 믹스와 계피를 넣고 잘 섞일 때까지 저어준다. 그런 다음 마요네즈, 물, 계란을 넣고 30초간 천천히, 그다음 2분은 적당한 속도로 세게 휘젓는다. 그리고 준비한 팬에 반죽을 붓는다. 30분간 구운 후, 철망 선반에서 팬을 식힌다.

- 구디의 버터크림 프로스팅
- 연질버터 1½ 스틱
- 정제 설탕 2½ 컵
- 소금 약간
- 바닐라 2티스푼
- 우유 2~4테이블스푼

모든 재료를 섞고 부드러운 크림 모양이 될 때까지 몇 분간 휘젓는다. 잘 퍼지지만 흐르지 않는 프로스팅을 원한다면, 우유를 적절한 양만큼 첨가한다. 폰세카Fonseca나 테일러 플리드 게이트Taylor Fladgate 지역의 부드러운 포트 와인(포르투갈 원산의 적포도주)을 함께 곁들이면 좋다.

🌐 In Korea 잘 알지도 못하는 고급 레스토랑에 가서 지불할 능력도 안 되는 주제에 거한 요리를 접대한답시고 자신의 천박함을 만천하에 드러내지 말라. 집으로 초대할 때도 마찬가지. 되도 않는 요리를 한답시고 자신의 무능력함을 알리지 말라. 차라리 잘 지은 따뜻한 밥 한 공기와 맛있는 된장찌개, 계란말이, 잘 구워진 김, 맛깔 나는 젓갈, 잘 익은 김치 등으로 당신의 정갈한 성격을 드러내는 것도 좋다. 어떤 때는 잘 끓여낸 라면 한 그릇이 당신의 여성스러움을 상징해주기도 한다는 것을 기억하

라. 나는 맛난 떡볶이 하나로 돈 많은 남자를 쓰러뜨렸다. 완벽한 요리솜씨를 그에게 보여주고 싶다는 분들은 '라퀴진' 같은 고급 요리학원에 등록하거나 집 주변의 요리학원에 다니시면 된다.

__돈 많은 연하남을 떡볶이 하나로 꼬셔 결혼에 골인한 K양 제보. 우이동 거주.

음식은 로맨틱할 뿐 아니라 때에 따라서는 굉장히 섹시할 수도 있다는 사실을 명심해라. 영화 〈나인하프위크〉에서의 주방 씬을 기억하는가? 더 설명할 필요도 없지 않을까?

(한밤중에 목이 말라 냉장고를 열어보는 킴 베이싱어에게 미키 루크는 눈을 감으라고 나지막이 속삭인다. 그리고는 딸기 잼을 떠먹이고 꿀을 짜서 온몸에 흘린다. 미각을 이용한 달콤하고 장난기 넘치는 에로티시즘이 아닐 수 없다)

타깃男 프로필
중소기업 사장

나이 : 46세

키 : 185cm

몸무게 : 87kg

취미 : 라켓볼, 자신의 비행기로 비행하기

순자산 : 2270만 달러

그는 자수성가한 사람이다. 이 사업가는 아직도 이 많은 돈을 어떻게 써야 할지 잘 모르는 거친 남자다. 그러므로 만약 당신이 그를 잠시 멈춰 세우고 돈을 제대로 쓰는 법을 가르쳐줄 만큼 창의적인 사람이라면, 그는 당신에게 굉장히 고마워할 것이다. 그렇다고 그를 길들이려고 하지는 마라. 그는 흥분과 자극을 좋아한다. 그는 매일 매 순간 무언가 사건이 될 만한 일이 없을까 궁리하고, 상류 사회의 분위기나 계급의식을 가지고 있는 사람들을 절대 견뎌내지 못하는 사람이다. 그의 호기심을 자극할 수 있는 것을 찾아보아라. 어쩌면 멋진 정장이나 수수하고 고상한 옷차림은 시간 낭비가 될지도 모른다. 대신 속살을 좀더 드러내는 옷을 입어라. 하지만 그렇게 입었더라도 계속해서 자신의 차림에 신경을 쓰고 있다는 것을 표내야 할 것이다. 아무리 취향이 독특한 남자들이더라도 여자의 섹시함이 천한 근성에서 나오는 것은 경멸하니까.

중소기업 사장 미니 인터뷰

Q. 왜 아직도 혼자세요?

A. 괜찮은 여자가 제 발로 찾아오는 것은 아니니까요. 너무 바빴어요.

Q. 어떤 스타일의 여자를 좋아하세요?

A. 숙녀 행세를 할 수 있는 크고 예쁜 바비 인형이요. 여자의 배경은 중요치 않아요. 다만 저는 유럽 여자들의 외모와 과감한 의상을 좋아합니다. 제가 생각하기에 그들은 보통 여자들보다 더 적극적인 것 같아요. 제가 팔에 글래머러스한 여자들을 끼고 파리 한복판을 걸어갈 때마다 일으키는 파문을 스스로 즐기고 있다는 건 인정합니다. 하지만 그것은 단지 그들의 겉모습 때문만은 아닙니다. 제가 어렸을 때 저희 집은 아주 가난했지요. 그 때문인지 제 주변엔 온통 나이 들고 아름다움이라곤 찾아볼 수도 없는 사람들뿐이었어요. 전 절대 그때로 돌아가고 싶지 않아요. 제가 만나는 여자들은 자신이 원하는 것이 무엇인지, 가고 싶은 곳이 어디인지, 또 누구와 함께 가고 싶은지 정확히 알고 있습니다. 이 총명하고 쾌활한 여자와 함께 있으면 전 정말 살아있다는 느낌을 받습니다.

Q. 어느 정도 조건이 되어야 결혼하실 건가요?

A. 그녀 없이는 단 하루도 살 수 없다고 느낄 때요.

Q. 이전의 여자들과는 얼마나 오래 연애하셨나요?

A. 대부분의 여자들과 지금도 여전히 만나고 있습니다.

Q. 한 번에 두 명 이상의 여자를 만나기도 하나요?

A. 한 타임에 한 명, 이런 식이 좋죠.

Q. 어떤 방법으로 여자를 만나나요?

A. 어디서든 매력을 느끼는 여자를 발견하면 다가가서 말을 건답니다.

타깃男 프로필
중소기업 사장

나이 : 38세

키 : 178cm

몸무게 : 65kg

취미 : 골프, 요트, 경비행기 조종, 해외 카지노 여행

순자산 : 3000억

Q. 왜 아직도 혼자세요?

A. 운명의 장난인가 싶어요. 여자를 별로 좋아하지 않는 것 같기도 하고요. 하하하. 제가 혼자인 이유를 별로 생각해보지 않아서 답하기 힘드네요.

Q. 어떤 스타일의 여자를 좋아하세요?

A. 모두 그렇겠지만 예쁘고 똑똑한 여자요. 일단 예쁘지 않으면 옆에 두기 싫고, 똑똑하지 않으면 대화가 어렵죠. 저는 사교모임이 많아서 그곳에 대동하려면 앞서 말한 두 가지 조건은 기본적으로 갖춰야 만남이 가능합니다. 그밖의 것들 예를 들면 교양이나 세련된 취향, 섹시함, 차분함 등등은 여자에 따라 다르게 느껴요. 자기의 색깔이 분명하다면 약간의 천박함도 제게는 매력으로 느껴집니다.

Q. 어느 정도 조건이 되어야 결혼하실 건가요?

A. 누군가와 신뢰를 쌓고 평생을 함께 한다는 것이 가능한 일로 느껴질때요.

Q. 이전의 여자들과는 얼마나 오래 연애하셨나요?

A. 천차만별입니다. 10년 이상을 연락하며 지내는 사람도 있는걸요.

Q. 한 번에 두 명 이상의 여자를 만나기도 하나요?

A. 그럴 만큼 사랑이 중요하진 않아요.

Q. 어떤 방법으로 여자를 만나나요?

A. 선을 봅니다.

상류층의
섹스,
그 끈적한
비밀

두 사람이 바이올린 켜듯이
섹스하는 데에는 어떤 준비도 필요치 않다.

__케빈 도일Kevin Doyle

어.

쩌.

면.

당신은, 열정적이지만 돈 한 푼 없었던 극작가나 딱 붙는 청바
지가 굉장히 잘 어울렸던 남성미가 물씬 풍기던 엔지니어에게
서 얻었던 절정을 다시는 맛보지 못할지도 모른다. 당신은 새
로운 인생 경로를 선택했으니 상류층 사람들의 섹스 습관에
대해 몇 가지 알아둘 필요가 있다.

　돈 많은 남자와의 섹스에는 한 가지 일반적인 진실이 있
다. 돈 많은 남자는 으레 경험이 많다는 사실이 바로 그것이
다. 이들은 매력적인 많은 여자들과 어울릴 충분한 여가 시간
과 재력이 있으며 그 많은 여자들이 기꺼이 섹스 상대가 되어
주었기 때문이다.

　돈 많은 남자들이 좋아하는 섹스 스타일은 다른 평범한 남
자들만큼이나 굉장히 다양하다. 감정을 중시한 낭만적인 경향
이 강한 평범한 남자들과는 반대로 돈 많은 남자들 중에는 격
렬하고 에로틱한 섹스를 즐기는 사람들이 많다. 돈 많은 남자
들이 침대에서 보이는 또 다른 특징은 스스로 원하는 것을 정

확히 알고 있다는 것이다. 그는 경험이 많은 섹스광으로서 이미 오랜 기간 자신의 성욕을 실험하고 탐닉했기 때문이다.

돈 많은 남자들이 네 번째 데이트에서 주로 가는 미국의 10대 레스토랑

⊕ **플뢰르 드 리스**Fleur de Lys : 캘리포니아 주 샌프란시스코
최고의 예술이라 불릴만한 고급스러운 프랑스식 레스토랑.

⊕ **일 시엘로**Il Cielo : 캘리포니아 주 비벌리 힐스
매혹적인 L.A의 축소판이라 할 수 있는 풀이 우거진 반짝이는 이탈리아식 안마당으로 유명.

⊕ **매노 하우스 레스토랑**Manor House Restaurant : 콜로라도 주 리틀톤
탁 트인 전망과 특별한 대륙성 요리를 자랑하는 유명한 조지왕조 풍 저택.

⊕ **탄트라**Tantra : 플로리다 주 마이애미비치
에로틱한 요리와 이국적인 분위기로 5감을 자극하는 레스토랑.

⊕ **메리티지**Meritage : 캘리포니아 주 애틀랜타
풍성한 지중해 연안의 작품들로 장식한 로맨틱한 분위기의 벅헤드 레스토랑.

⊕ **게자 카페**Geja`s Cafe : 일리노이 주 시카고
열정적인 밤을 맞이하기 시작하기 전 꼭 들러야 하는 퐁듀 맛집.

⊕ **벨라 루나**Bella Luna : 루이지애나 주 뉴올리언스
훌륭한 음식과 미시시피 강이 보이는 로맨틱한 전망으로 유명하다.

⊕ **사보이**Savoy : 뉴욕 주 뉴욕
아는 미식가들만 찾는 소호 구석의 숨겨진 맛집.

⊕ **리스토란테 프라텔리**Ristorante Fratelli : 오리건 주 포틀랜드
맛있는 이탈리안 요리와 따뜻하고 감미로우며 편안한 분위기가 입맛을 자극한다.

⊕ **리즈 재즈 앤 서퍼 클럽**Reed's Jazz & Supper Club : 텍사스 주 오스틴

독창적인 요리와 야간 재즈 공연, 최고급 와인과 일류 칵테일이 어우러진 최고급 레스토랑.

in Korea

위의 박스에서 네 번째 데이트에서 가는 레스토랑은 첫날밤을 맞이하기 전에 가면 좋은 에로틱하고 섹시한 분위기를 유도할 수 있는 음식과 술, 분위기가 제공되는 곳들을 말하는 것이다. 원래 먹고 마시는 것과 색욕은 통한다고 하지 않던가. 에로틱함으로 서로를 침대에 끌어들이기 위한 레스토랑을 부자 남자들과 부자를 원하는 여자들에게 추천받았다.(그들은 주로 고급 호텔 내의 전망 좋은 라운지 레스토랑을 추천했는데, 리스트가 너무 많아 여기에는 일일이 열거하지 않겠다. 워커힐 추천이 가장 많았고, 요즘은 W호텔 쪽이 훌륭하다고 한다. 청담동 일대의 최고급 레스토랑과 바를 추천하는 사람도 많았다.) 다분히 개인 취향의 추천이니 당신의 목표물에 맞는 곳을 발품 팔아 알아보고 선택해야 할 것이다.

연인들을 위한 독특한 컨셉이 있는 레스토랑

⊕ **스웰 : 압구정동**
프라이빗하고 아늑한 공간이 매력인 하루에 세 팀만 예약을 받아 특별하게 모시는, 이름 그대로 '좋은' 프렌치 레스토랑. 문의 02-544-2385.

⊕ **탑 클라우드 : 종로**
종로타워 33층에 위치해 서울의 야경 뷰가 최고. 키스 브리지, 라이브 공연으로 어색함도 달래고 호텔 수준의 음식과 서비스를 받을 수 있는 레스토랑. 문의 02-2230-3000~3.

⊕ **스카이뷰41 : 목동**
도심의 파노라마가 한눈에 들어오는 뷰 좋은 레스토랑. 발라드, 재즈, 오페라까지 라이브 연주가 배경으로 깔리는 이탈리안 레스토랑.
문의 02-2168-2222.

⊕ **민가다헌 : 인사동**
한옥의 향취가 살아있는 민익두가의 저택(한국 최초의 개량 한옥)을 개조해 만든 한국 전통식 퓨전 요리와 와인을 맛본다. 문의 02-733-2966.

⊕ **라스칼라 : 삼성역**
이탈리아의 라스칼라 극장을 그대로 옮겨 온 듯 클래식 연주와 오페라를 볼 수 있는 전통 불란서 요리가 일품인 레스토랑. 문의 02-555-3851.

⊕ **촛불1978 : 명동**
마주 앉은 사람과 가까워지는 편안한 분위기로 1978년 탄생 이래 연인들에게 인기가 많은 추억어린 분위기의 레스토랑. 문의 02-755-1777.

돈 많은 남자들의 섹스 취향 완벽 해부!

돈 많은 남자들에게 성적 자제력이 부족하다는 것은 익히 알려진 사실이다. 술 마시고 탈선행위를 저지른 대부분의 이야기들을 보면 예나 지금이나 그 주인공은 뻔하다. 고대 시대에는 궁전에서 일어났던 이런 야시시한 일들이, 현재는 고급 리조트나 호화로운 저택에서 벌어지고 있는 것이다. 그동안 읽고 들은 혹은 꿈에 그리던 대부분의 에로틱한 섹스 이야기 뒤에는 그만한 돈과 여가 시간이 깔려있었다. 아름다운 여성이, 반짝이는 캐비어가 담긴 거대한 접시 위에서 몸을 비틀고 있거나 거품 나는 샴페인이 몸을 간질이는 욕조 안에서 물을 튀기고 있는 장면이 엘리베이터도 없는 주택이나 이동식 간이 주택에서 연출될 일이 있겠는가? 물론 도시의 누추한 곳에서도 다른 많은 일들이 벌어지겠지만, 이것은 대개 격렬하고 에로틱하다기보다는 낭만적인 일일 것이다. 만약 당신의 섹스 취향이 격렬하고 스릴 넘치는 것보다는 부드럽게 감성을 적시는 낭만 취향이라면 후미진 동네에 더 맞는다는 얘기다.

◉ 01. 침대에서 NO!에 익숙지 않다

돈 많은 남자들의 성적 자제력 부족은 심리적인 측면에서 간단히 설명할 수 있다. 섹스에 대한 이들의 태도는 단순히 다른 욕구들의 연장선이라고 할 수 있다. 그들은 무언가를 원하면 자신이 그것을 가질 가치가 있다고 믿는다. 게다가 그들은 돈 걱정이 없고 자신의 기쁨을 위해 다른 사람을 무시하는 것쯤은 일도 아니다. 그저 손을 뻗어 자신이 원하는 것은 무엇이든지 당장에 얻어 내고야 만다. 그가 연어 음식에 체리를 얹고 싶다면 그는 체리를 특별 주문할 것이고, 메이플 시럽으로 가득 찬 자쿠치Jacuzzi(거품 목욕 풀)를 좋아한다면, 역시 바로 예약할 것이다. 심지어 그가, 당신이 무릎 사이에 호박을 낀 채 물구나무를 선 모습을 보고 싶어 한다면 당신은 그의 호기심을 풀어 주어야 할 것이다. 그것도 그가 말을 꺼내기가 무섭게 곧바로.

　물론 실제로 당신과 돈 많은 애인 사이에 침대에서 벌어지는 일은 단순히 호박을 구할 수 있느냐 없느냐의 문제라기보다는 두 사람 간의 화학 작용(호르몬)에 따라 달라질 것이겠지만, 이 화학 물질을 폭발시키는 가장 좋은 방법은 긴장을 있는 대로 풀고 즉각즉각 반응을 보이는 것이다. 돈 많은 남자들은 권력을 휘두르는 것에 익숙하다. 그이의 주변 사람들 모두가 돈 많은 주인의 신발을 벗기려고 몸을 구부리는 성실한 집사처럼 이들의 명령에 선뜻 뛰고 구르고 복종해왔기 때문이다.

뭐 그렇다고 이들이 침대에서도 이러한 노예근성을 더 좋아한다거나 당신이 반드시 유순한 역할을 맡아야 한다는 것은 결코 아니다. 다만 돈 많은 남자들의 귀에는 'NO!'라는 말이 익숙지 않으며, 만약 침대에서 이런 속삭임을 듣는다면 불쾌해할 가능성이 높다는 것이다. 그러니 침대에서는 화려한 기술도 금물, 버릇없고 제멋대로인 행동도 금물, 싫다는 뉘앙스가 풍기는 수다도 금물이다. 그저 기꺼이 협조하겠다는 친근한 태도만이 필요하며, 이러한 태도는 돈 많은 남자들이 지금까지 당연시 받아오던 일종의 존경과 긍정의 표시일 뿐이다.

◉ 02. 섹스를 통해 정체성을 증명하려 든다

돈 많은 남자들에게 있어서 섹스는 대개 지위가 낮은 남자들의 그것보다 더 중요한 것이다. 그에게는 직장 대신 즐겁게 몰두할 수 있는 복잡스러운 흥밋거리가 필요하다. 더 근본적으로 파고 들어가 보자. 한가한 부유층 남자들로서는 자신의 성공을 평가할 수 있고 자신의 가치를 객관적으로 증명할 수 있는 어떤 행동이 필요하다는 것이다. 아울러 이러한 심리는 종종 그의 잘 꾸며진 특대형 침대에서 가장 매력적으로 그 실체를 드러낸다. 다시 말해 돈 많은 남자의 성적인 성취감은 자신의 능력을 실질적으로 평가할 수 있는 유일한 잣대가 되기 때문에, 당신의 부유한 구혼자가 당신을 침대에 눕힐 때에는 평소와 달리 자아 정체성을 강하게 입증하려 한다고 생각하면 된다. 눈에 보이는 화려한 겉모습만으로는 자아를 완벽하게 어필할 수 없지 않겠는가? 또한 인생의 어려움을 모르고 살아온 돈 많은 남자들은 당연히 일반 남자들보다 생계유지형 노동 활동이 부족하기 때문에 이들에게는 그 부족함을 채울 무언가가 필요하다. 결국 부자들에게는 섹스만이 유일한 활력보충제인 것이다.

돈 많은 남자들은 일반적으로 박력이 부족하다는 전형적인 고정관념을 깨기 위해서라도 침대에서 쎈 척하려는 욕구가 강하다. 실제로 돈 많은 남자가 힘쓰는 일을 하는데서 노동 계급과 어깨를 나란히 할 일은 거의 없다. 재단사가 치수를 재는 몇 분 동안 온순하게 가만히 서있는 것이 가장 어려운 일이라고 생각하는 돈 많은 남자에게서는 망치를 휘두르며 하루를 보내는 남자에게서 볼 수 있는 파워풀한 에너지와 터프함을 찾을 수 없다. 이 명백한 진실에 반박하고자 돈 많은 남자들은 종종 침대에서 비상식적인 행동을 보이기도 한다. 그러므로 설령 당신의 애인이 사실은 연약한 존재임을 알고 있다 하더라도, 그 순간 만큼은 그의 터프함에 감동받은 척하거나 완전 황홀한 듯이 반응하는 것이 현명하다.

◉ 03. SM 취향, 다다익선 섹스관 받아들여라

침실에서의 다양한 움직임이나 자세는 제쳐놓더라도, 돈 많은 남자들은 또 다른 방법, 심지어는 쉽사리 동의할 수 없는 방법으로 자신의 남성스러움을 증명하려고 한다. 두 명 이상의 여자들과 한꺼번에 잠자리를 같이 하는 것 등이 그 예이다. 애인을 두고 바람을 피우고 싶은 충동 역시 돈 많은 남자들이 자신의 파워를 증명하는 동시에 여성을 부정하는 심리다. 여자와 섹스는 많으면 많을수록 좋은 것이라는 생각은 돈 많은 남자들의 일반적인 견해다. 사치스러운 생활에 익숙해진 부자들은 그리스 섬을 지나는 긴 여행에서 하루 전날 돌아왔다고 해서 주말 요트 여행을 취소하지는 않는다. 이와 마찬가지로 그날 오후 죽이는 작은 금발 머리 여자와 잠자리를 같이 했다는 이유만으로 갈색 머리 애인과의 저녁 약속을 취소하지는 않는다는 것이다. 돈 많은 남자도 다른 남자들과 마찬가지로 여자가 잠자리를 허락하는 것을 더없이 환영한다. 설사 체력이 바닥났다고 하더라도 말이다. 당신의 은근한 잠자리 유혹에 약간 망설이다 응하는 것은 남자에게 치명적인 일이라 생각한다. 그는 가능한 한 더 많은 여자를 차지하려고 할 것이며, 당신이 또 한 차례의 기회를 제공하는 것에 대해 무지 고마워할 것이다.

이 모든 섹스광 같은 행동에도 불구하고 돈 많은 남자들은 여전히 여자에게 이중 잣대를 들이대고 있다. 그들은 자신의 결혼 상대에게는 상당히 보수적인 성향을 가진다. 이는 돈 많은 남자들이 지배권을 가지려는 특성 때문이기도 하지만, 다른 한편으로는 평범한 여성들이 이룬 성 평등과 같은 큰 도약을 상류 사회 여성들은 이루지 못했기 때문이기도 하다. 최근 몇 십 년 동안 하층 계급이나 중산층 여성들은 많은 기회를 통해 직장에서 자신의 능력을 입증해왔다. 하지만 상류층 여성들은 종종 자신의 능력을 사회적으로 인정받을 수 있는 기회를 거절해왔다.(그럴 필요도 없었겠고 말이다.) 그 결과 돈 많은 남자들은 상류층 여자들의 기존의 보수적인 태도를 보며 자라왔고 그에 익숙하다. 그러니 그들의 섹스 취향과 아내를 선택하는 취향에는 상당한 괴리가 있을 수밖에 없다.

● 04. 섹스는 일상을 다채롭게 해주는 도구일 뿐이다

당신이 목적하는 결혼을 성사시킬 수 있는 행복한 섹스가 과연 무엇인지 알고 싶다면 돈 많은 남자의 입장에서 생각해보면 된다. 돈 많은 남자들에게 섹스는 하나의 피난처도 아니고 이 고통스런 세상살이에 유일한 낙도 아니다. 섹스는 그들의 매우 훌륭한 삶, 그 안의 단순한 하나의 즐거움이자 다른 곳에까지 그 기분을 전달하는 생산적인 활동일 뿐이다. 즉, 부자들에게 섹스는 일상 생활과 동떨어진 별개의 것이 아니며 음지에 가려져 있는 행위도 아닌, 생활의 일부이자 활력소인 셈이다.

테니스나 폴로 경기 후의 섹스가 더 좋을까 수영이나 항해 전의 섹스가 더 좋을까 그런건 중요하지 않다. 섹스가 생활의 일부가 될 때, 당신에게 그것은 간단한 문제가 아닐 것이다.

돈 많은 사람들에게 섹스는 하나의 도구라고 보면 된다. 섹스는 월급쟁이들의 회사생활에 해당하는 부자들의 주력 활동이며 판에 박힌 생활을 이겨내게 해주는 중요한 활동이다. 게다가 무언가를 얻기 위해 딱히 선택의 기로에 설 일이 없는 그들이 다양한 선택권을 제공받는 유일한 창구기도 하다. 고로 섹스를 하는 이들의 심리가 결코 단순하지 않다는 것은 두 말할 필요도 없을 것이다. 돈 많은 남자들의 섹스와 그 심리는 '이보다 더 복잡할 순 없다'고 말할 정도로 복잡다단하다. 그런데 여기서 성공하려면? 당신의 행운을 빌 뿐이다.

💲 비글포인트 #27 　상대가 돈 많은 남자라면 성적인 취향이 다소 충격적이어도 모든 것을 감수할 자신이 있다. 그에게 섹스가 얼마나 중요하고도 중요한 것인지, 나에게 SM스러운 것을 요구해도, 나 외에 다른 여자와 섹스를 한다해도 이해할 수 있다.

타깃男 프로필
기업 회장

나이 : 53세
키 : 180cm
몸무게 : 89kg
취미 : 골프, 스쿼시
순자산 : 1500만 달러

이 부드럽고 삶의 기복이 없는 유형이 원하는 여자는 사회적으로 주목받고 싶어하고, 부하 직원들을 잘 다독일 수 있는 다정다감한 짝이다. 그가 부사장으로 있을 동안에는 이 바쁜 간부를 귀찮게 하지 말고, 그가 사장이 될 때까지 기다려라. 그가 아무리 돈이 많다 하더라도, 아직 올라가야 할 승진의 기회가 남아있다면 돈을 쓰며 즐길 여유 시간이 없을 것이다. 하지만 일단 그가 최고의 자리에 오르고 나면 긴장을 풀고 자신이 원하는 것에 다가갈 테니 말이다.

침착해라. 부하 직원들 중에는 그에게 바른말 하는 사람이 거의 없을 것이므로 이는 온전히 당신 몫이다. 당신이라면 아마 그의 삶 속에 있는 큰 공허함을 메워줄 수 있을 것이다.

중소기업 사장 미니 인터뷰

Q. 왜 아직도 혼자세요?

A. 저는 한 번 결혼했었습니다. 하지만 제 야망이 결혼 생활을 망쳤고 그 때 이후로 저는 다시 가정을 꾸리는 것이 두려워졌지요.

Q. 어떤 스타일의 여자를 좋아하세요?

A. 그냥 적당한 짝이요. 전 이혼했고 현재 초등학교 교사와 만나고 있습니다. 그녀는 제 첫 번째 아내와는 달라도 너무 다르죠. 그것이 제가 그녀에게 홀딱 반한 이유인 것 같아요. 그녀는 건축가의 딸이죠. 반면 전처 아버지는 큰 월스트릿 로펌 회사의 사장이었죠. 한 가정에서의 부모의 교육이라는 게 사람을 얼마나 다르게 만드는지 놀라울 정도랍니다. 리사는 솔직하고, 제게 신선함과 즐거움을 끊임없이 안겨준답니다. 그녀가 세상 물정에 어두운 면도 없지 않아 있지만 그건 상관없습니다. 저는 자신이 하고 싶은 일을 하는 그녀와 함께 있는 것이 좋습니다. 그녀의 몇몇 친구들은 제게 약간 쌀쌀맞게 굴지만 그것 역시 괜찮습니다. 전 그들이 질투한다고 생각하거든요.

Q. 어느 정도 조건이 되어야 결혼하실 건가요?

A. 제가 확실하다고 느낄 만한 신뢰가 쌓이면요.

Q. 이전의 여자들과는 얼마나 오래 연애하셨나요?

A. 이혼 후에는 한철을 넘기지 못한 것 같아요.

Q. 한 번에 두 명 이상의 여자를 만나기도 하나요?

A. 거의 없어요.

Q. 어떤 방법으로 여자를 만나나요?

A. 저에게 접근하는 여자의 낌새를 차리면, 저는 밀고 당기기 게임은 그만하자고 말하죠.

타깃男 프로필
기업 회장

나이 : 54세
키 : 174cm
몸무게 : 62kg
취미 : 골프, 단순한 휴식을 위한 해외 여행, 쇼핑
순자산 : 2000억

Q. 왜 아직도 혼자세요?

A. 이혼 한지 얼마 안 지났거든요.

Q. 어떤 스타일의 여자를 좋아하세요?

A. 유머감각이 있는 젊고 유쾌한 여자요. 저를 내버려두는 쿨한 여자가 좋습니다. 독립적이고 능력이 넘치는 젊은 여자들을 만나면 영혼까지 흥분되는 느낌을 받아요. 제가 결혼할 무렵의 여자들, 특히 그 시절 누군가의 아내가 될 여자들은 갖지 못했던 에너제틱함이 저를 자극시키는 것 같습니다. 하지만 너무 튀려고 안달하는 젊은 여자는 무식하고 촌스러워 보이더군요.

Q. 어느 정도 조건이 되어야 결혼하실 건가요?

A. 제 인생을 더 활기차게 만들어줄 여자면 됩니다.

Q. 이전의 여자들과는 얼마나 오래 연애하셨나요?

A. 마음이 통하지 않으면 한 달을 넘기지 못해요. 싫은데도 억지스럽게 누굴 만나야 할 나이는 아니죠.

Q. 한 번에 두 명 이상의 여자를 만나기도 하나요?

A. 아니요. 앞으로 그럴 수 있으면 좋겠네요.

Q. 어떤 방법으로 여자를 만나나요?

A. 친구들이 소개해주는 편입니다.

상류층의 섹스, 그 은밀한 비밀

How to 08 Marry Money

당부의 한말씀

할 수 있다면, 공정한 방법으로 돈을 벌어라.
할 수 없다면, 그래도 돈을 벌어라.

__ 호레이스 Horace

유부남이건 총각이건, 단순한 바람기에 놀아나지 말 것!
돈 많은 남자들보다 더 쉽게 스캔들을 낼 수 있는 남자는 없
다. 돈 많은 남자는 필요한 여가 시간과 기동력을 모두 가지고
있지만, 그 곁에는 반드시 아내 혹은 많은 여자 친구들이 있을
것이다.

　당신이 돈 많은 유부남과 만나고 있거나 그런 경험이 있다
면 그가 당신과 바람을 피우는 이유들에 대해 생각해보라. 그
는 당신이 인생에서 갈구하는 많은 것들을 이미 이루었을 것
이며 그 자신보다 나은 상대와 결혼했을 것이다. 또한 그는 자
신의 성적인 능력을 확인하기 위해 열정적으로 아부하면서 시
키는 것은 무엇이든 다 하는 어린 여자들과 끝없이 부정행위
를 저지르며 살 것이다.

　게다가 아내의 돈 덕택에 편안히 사는 남자라면 당신과 결
혼하기 위해 이혼하는 짓은 절대 하지 않을 것이다. 그가 한때
는 꽤 잘나가는 남자였을 수도 있으나 어찌 되었든 지금은 단

지 아내의 꼭두각시에 불과하니까.

　반면 그 모든 것을 자기가 일궈낸 돈 많은 남자라 하더라도 이혼하지 않을 가능성이 더 크다. 아무 잘못도 없는 아내를 내치는 데에는 굉장히 많은 돈이 들 테니 말이다. 설령 그에게 압력을 넣어 아내와 이혼하도록 만들었다 해도 그가 당신에게 올 때쯤에는 처음에 당신을 혹하게 만든 그 많던 돈은 이미 없어지고 난 후일 것이다.

　유부남과의 연애는 항상 호된 대가를 치르게 마련인데, 그런 부정한 관계가 과연 당신으로 하여금 대가를 치르게 할 만큼 가치 있는 것인지 의심하고 또 의심해라.

　이 여자 저 여자 만나는 남자는 아무리 싱글이라 해도 항상 조심해야 한다. 물론 내가 최고라는 자신감을 갖고 그를 대하는 것도 좋다. 하지만 그가 결국에는 나 하나만 바라볼 것이라고 철썩 같이 믿으면서 애써 스스로를 합리화하고 있지는 않은지 생각해봐야 한다. 만약 그렇다면 이는 엄청난 시간 낭비일 뿐이며, 당신 자신의 정신건강에도 해롭다.

　여기서 기억해야 할 것은 당신이 이런 남자들을 변화시키지 못할 것이라는 사실이다. 재력(그리고 이에 따르는 권력) 덕택에 이들은 결국 자신이 원하는 방식대로 살 것이며, 그 인생에 누가 들어오더라도 (그것이 패리스 힐튼이라 하더라도) 이는 결코 변하지 않을 것이다.

　그렇다고 지금까지 당신이 벌여놓은 모든 일을 당장에 정리할 필요는 없다. 다만, 게임을 접고 물러설 때가 언제인지를 확실히 정해야 한다는 거다. 돈 많은 남자와의 결혼에 골인하기 위해 꽤 많은 시간을 투자했다 하더라도 그와의 결혼 생활이 평탄하지 않을 것 같다는 확신이 들면 그 즉시 관계를 끝내야 한다.

당신은 언제든 다시 시작할 수 있다.

🌐 **비굴포인트 #28**　제 아무리 돈이 많아도 바람둥이와는 말도 안 섞을 것이다. 어쩌다 연결이 돼서 사귀게 되었더라도 나는 언제든 부자를 만날 수 있으니, 모든 관계를 깨끗이 정리할 것이다.

마 치 면 서 **;**

좋은 건 역시
좋은 거다

어느 날 에코에게 물었다
그녀는 말수는 적지만,
제대로 필 받으면 개그맨 뺨칠 만큼 웃긴다.
구애, 사랑, 결혼에 대해
풋내기들에게 해줄 말이 무엇이냐고.
에코는 담담하게 말했다.
"그야 당연히 돈이지 뭐."

__J. G. 삭스 J. G. Saxe

자.

이.

제.

이 모든 전략과 전술로 돈 많은 남자와의 결혼에 성공했다고
치자. 그러나 이제 모든 일이 끝났다고 안도하기는 이르다. 게
임은 이제부터! 당신이 새로이 관계를 맺게 될 상류층 사람들
에게 결혼식 자체는 중산층 엄마들이 느끼는 것만큼 일생일대
의 커다란 행사가 아니다.

촌스럽고 소란스러운 결혼식은 절대 금물이다. 그로 인해
신랑감이 당신에게 실망할 지도 모를 일! 그런 일이 걱정된다
면 고요한 결혼식을 기획하라. 그간의 모든 인연을 끊고 함께
달아나자고 남편을 설득할 자신이 없다면 차라리 작은 교회에
서 조촐하게 결혼해라. 아니면 동사무소에 간단히 결혼 신고
만 하는 것도 좋다. 그러면 당신의 놀라운 결혼 소식에 충격을
받고서는 달려와 당신을 시기하고 질투하는 친척이나 친구들
을 초대할 필요가 없어질 것이다. 당신의 새로운 삶에 들여놓
고 싶지 않은 사람들은 뒤도 돌아보지 말고 정리해라. 이러한
작은 대가만 치르면 당신의 새로운 삶을 얼마든지 성공적으로

시작할 수 있다.

이 경지에 이르면 오로지 목표물(돈 많은 남편)에만 집중해야 한다. 그것이 권력을 위해서건 안정감이나 세상의 인식, 혹은 단지 평범한 자유를 위해서건, 당신이 그 지역에서 가장 부유한 사람의 삶에 무사히 입성했다고 느낄 때까지 끊임없이 정진해야 한다.

시집을 잘 가기 위해 투자하는 시간은 결과적으로 당신의 삶을 더 풍요롭게 해줄 것임을 항상 기억해라. 이것은 단지 현금이나 주식과 같은 경제적인 문제뿐만이 아니라 문화적 향유에도 해당하는 이야기다. 돈이 많고 적고를 떠나 당신이 모험을 즐기는 유형이라면, 부유한 계층의 삶은 특히 더 만족스러울 것이다.

💲 **비굴포인트 #29**　　결국 돈 많은 남자를 만나 결혼에 골인하게 되었다면, 그간의 모든 삶을 정리하고 남편만을 위해 남은 삶을 바칠 자신이 있다.

⊕ **서적**

《부자는 달라도 뭐가 다르다The Rich are Different》, 편찬 존 위노클Jon Winokur

《마지막 휴양지The Last Resort》, 저자 클리브랜드 아모리Cleveland Amory

《적합한 사람The Right People》, 저자 스티븐 버밍엄Stephen Birmingham

《슬림Slim》, 저자 슬림 케이스Slim Keith

《공개적인 프레피 룩 안내서Official Preppy Handbook》, 편집 리자 비른바흐Lisa Birnbach

⊕ **웹사이트**

www.dailycandy.com

www.theknot.com

최근에 각종 결혼정보회사에서 상류층 매칭 프로그램이 인기라고 하니 관심 있는 분들은 직접 알아봐도 좋을 것이다(상류층 전문 결혼정보회사도 있다.). 배경, 능력, 성향, 외모 등의 기준으로 '나도 상류층을 만날 수 있을까?' 하는 테스트도 받을 수 있다고 한다. 부자들의 성향을 파악하고 그들의 철학을 이해하는데 작은 참고가 될 만한 책에는 한동철 〈부자도 모르는 부자학개론〉, 〈1% 부자를 잡아라〉, 한상복 〈한국의 부자들 1, 2〉, 박용석 〈한국의 젊은 부자들〉, 박현주 〈돈은 아름다운 꽃이다〉, 윌리엄 번스타인 〈부의 탄생〉, 엘빈 토플러 〈부의 미래〉, 론다 번 〈시크릿〉 등 같은 부자학, 부자론, 스티븐 코비 〈성공하는 사람들의 7가지 습관〉, 데일 카네기 〈카네기 인간관계론〉 등의 성공학, 여타의 경제경영 관련 도서가 도움될 수 있겠다.('에라이~ 힘들다~ 내가 부자 되고 말겠다.' 하는 여자들도 참고하면 좋다.) 더불어 교양과 품격, 세련된 취향을 두루 갖춘 여자가 되고 싶다면 해당 분야의 자기계발서도 봄이니 자신을 리모델링 할 수 있는 관련 서적을 직접 챙겨볼 것!

더불어 지금 당신 주변을 돌아보라. 당신의 품격을 극명하게 드러내주는 것은 바로 당신의 측근들이다. 그들의 스타일이 어떤지 곰곰이 생각해보고 끊을 사람은 끊어라! 가능하다면 주변에 '귀부인삘'이 유독 빛나는 스타일의 친구나 선배를 두고 직접 멘토링을 받는 것이 나를 바꾸는 가장 빠른 방법이다.

💲 비**글포인트 #3O**   돈 많은 남자를 만나기 위해서라면 촌스러운 취향으로 둘째가라면 서러운 내 절친한 친구 몇 명쯤은 버릴 수 있다.

자, 아래 비굴포인트를 하나하나 꼼꼼히 체크해보자.

당신이 부자를 만날 수 있는 가능성은 어느 정도 수준인지 자가진단 할 수 있다.

□ 비굴포인트 #01. 과거에 사귄 남자에게 가장 높은 점수를 주었던 것(이를테면 외모나 성격 같은)을 '버리고' 거기에 돈이라는 항목을 끼워 넣는다. 그렇게 만들어진 상상속의 그 남자, 아주 100% 마음에 든다.

□ 비굴포인트 #02. 자신이 돈 많은 남자가 찾고 있는 완벽한 외모와 내면을 모두 가졌는지 정확하고 냉철하게 판단해야만 한다. 학습이나 수술을 통해서도 변할 수 없는 뭔가가 있다. 자, 가슴에 손을 얹고 답하자! 난 정말 S라인 몸매와 탤런트 뺨치는 외모를 뽐내고 있으며, 심성이 어찌나 고운지 '타고난 귀부인' 이라는 소리를 귀에 못이 박히도록 들었다.

□ 비굴포인트 #03. 본인이 돈이면 만사 오케이라는 식인지, 그래도 비교적 평온하고 안전한 방법으로 쌓인 돈을 좋아하는지 알고 있어야 한다. 왜냐하면 돈의 출처에 따라 (당신이 함께 쓸) 그 돈의 쓰임새가 달라지기 때문이다. 돈만 많으면 아무래도 좋다고 생각한다면 부자를 만날 확률은 훨씬 높아진다. 난 돈이면 다 좋아!

□ 비굴포인트 #04. 돈 많은 남자기만 하다면 일에 빠져서 나라는 여자는 안중에도 없어도 상관없다고 생각한다.

☐ 비굴포인트 #05. 남자가 자기자신은 물론 나에게도 돈을 펑펑 써댄다면, 내가 그의 액세서리든, 장식품이든, 뭐든 상관없다고 생각한다.

☐ 비굴포인트 #06. 타락하거나 소심하거나 약해빠진 남자가 돈이라는 물질이 가진 문란한 속성을 벗어나 긍정적으로 바뀔 때까지 곁에서 지키고 도울 요령을 알고 있는데다 인내심도 짱이다. (돈 많은 남자를 애타게 기다리고 있는 당신이라는 여자가 그럴 수 있는 확률이 얼마나 있을지 스스로를 냉철하게 진단하도록 하자.)

☐ 비굴포인트 #07. 돈이 많다는 이유로 일에 대한 열정이나 생활력이 없는 그를 밑도 끝도 없이 사랑할 자신이 있다. 심지어는 자신이 사회성이 결여된 쓸모없는 존재라고 생각하는 그이의 옆에서 그를 격려하고 칭찬해가며 평생을 함께 놀아줄 수 있다.

☐ 비굴포인트 #08. 나는 내가 원하는 돈이 얼마 정도인지 정확히 알고 있다. 요는 당신이 원하는 부자의 자산 정도가 얼마인지 정확히 알아야 한다는 것이다. 당장 나 하나 풍족히 쓸 돈만 있으면 되는지, 오페라 하우스를 짓고 싶은지, 섬을 하나 사놓고 평생 전 세계 휴양지를 유람하며 살고 싶은지 본인이 원하는 돈의 정도를 모르고 있다면, 돈 많은 척 하는 완숙미를 자랑하는 늙은 옹에게 넘어가고 말 것이다.

☐ 비굴포인트 #09. 진짜로 돈 많은 남자를 걸러내는 식견과 본능적 감각이 있다. 겉보기에 돈이 있어 보이는 남자가 가짜 부자인지 진짜 부자인지를 구별해내기 위해 안테나를 항시 민감하게 작동시키고 있어야 하는 것은 기본이고 진짜 부자의 겉모습, 애티튜드를 가려낼 수 있는 안목을 길러야 한다. 본인의 취향 역시 고급해야 한다는 것은 말하지 않아도 알 것이고…. 남자의 재산 정도와 그 가치를 분석하는 데 소질이 없는 여자들은 있는 '척' 하는 남자들에게 당하기 십상이다.

☐ 비굴포인트 #10. 내가 그동안 살아오며 가지게 된 기질이나 성향을 모두 버릴 수 있다. 상류층, 부자들이 좋아하는 방식에 맞춰(열공을 통해) 나를 겉부터 속까지 완벽하게 재정립할 것이다.

☐ 비굴포인트 #11. 부자들의 사고방식이나 생활방식의 리얼한 형체를 정확히 알고 동조하는 것은 물론이고 집안에서 내놓은 거지 부자들까지 정확히 걸러낼 수 있다.

☐ 비굴포인트 #12. 꼭꼭 숨어있는 부자를 찾아내는데 쏟을 충분한 열정과 시간적, 물리적 여유가 있다.

비굴포인트 #13. 부자들이 모여 있는 곳에 차분하고 세련되고 자신감 있는 자태로 태연하게 들락거릴 수 있다.

비굴포인트 #14. 부자들이 나타나는 곳이라면 어디든지 발품을 팔아 열심히 찾아다닐 자신이 있다. 자기가 그곳에 1000% 어울리는 여자라고 자부한다.

비굴포인트 #15. 돈 많은 남자들이 노는 곳에 전략적으로 나타나 사전 계략을 꾸미고, 치밀하게 계산을 때리고, 동선을 짜는 등 놀 때도 머리를 쓸 자신이 있다. 과거에 내가 주로 놀러 다니던 곳을, 지금 내가 놀러 다니는 곳을 살펴보라! 그곳에서 마주치던 남자들의 행색을 떠올려보라! 끔찍하고 촌스럽고 후지기가 이루 말할 수 없다면, 그 모두를 버리고 새로운 스팟을 찾을 의향이 있는가?

비굴포인트 #16. 돈 많은 남자 목표물을 설정하고 나서, 드라마 각본 같은 상황을 짜고 연출해서 열 번이고 백 번이고, 같은 상황에서, 같은 행동을, 일이 성사될 때까지 반복할 요량이 있다.

비굴포인트 #17. 자기 자신의 현재 모습을 죄 버리고 교양이 철철 넘치고 조신한 부잣집 어머니들의 스타일을 기꺼이 배우고 익힐 자신이 있다.

비굴포인트 #18. 다소 불편하고 배알이 꼬이지만 돈 많은 남자 앞에서만은 교양과 예절을 갖춰 '중도'를 지킬 자신이 있다. 절대 그들의 돈에 눈이 멀지 않을 것이며, 돈은 그저 사랑을 잘 하기 위해 필요한 작은 부분이라 생각할 것이다.

비굴포인트 #19. 최고급 선물을 받고도 호들갑떨지 않고 평정을 유지하며 진심으로 감사를 표현하는 방법을 안다.

비굴포인트 #20. 돈을 거의 안 쓰거나 싼 게 비지떡이라는 식의 이상한 취향을 가진 부자에게도 인내심을 발휘할 수 있다.

비굴포인트 #21. 촌티나는 말씨나 어조를 부자들이 좋아할 만한 그것으로 바꿀 의향과 자신이 있다.

비굴포인트 #22. 돈 많은 남자의 취향을 완벽하게 파악하고 그가 정말 감동할 창의력 넘치는 선물을 골라 낼 안목이 있다.

비굴포인트 #23. 비록 나 자신은 촌티나는 분위기에서 자랐다 손 치더라도 열심히 정진하고 수련하여 부자들의 취향을 따라잡고 능가할 자신이 있다.

비굴포인트 #24. 부자들의 세련된 취향을 습득하기 위해서라면 책이든, 논문이든,

특강이든, 전시회든, 어디든 달려가 공부하겠다.

☐ 비굴포인트 #25. 나의 촌스러운 취향이 극명하게 드러나는 것은 바로 패션스타일이다. 고급한 스타일을 표현하기 위해 돈을 투자하는 것은 물론이고 발품을 팔 수도 있고, 안면몰수하고 전 매장을 들락거릴 수 있으며, 그동안의 패션스타일을 과감하게 버릴 수 있다.

☐ 비굴포인트 #26. 돈 많은 남자를 꼬시기 위해서라면 매일매일 꾸준히 운동하고 식습관을 완벽하게 바꾸는 등 미용에 나의 모든 것을 투자할 수 있다.

☐ 비굴포인트 #27. 상대가 돈 많은 남자라면 성적인 취향이 다소 충격적이어도 모든 것을 감수할 자신이 있다. 그에게 섹스가 얼마나 중요하고도 중요한 것인지, 나에게 SM스러운 것을 요구해도, 나 외에 다른 여자와 섹스를 한다해도 이해할 수 있다.

☐ 비굴포인트 #28. 제 아무리 돈이 많아도 바람둥이와는 말도 안 섞을 것이다. 어쩌다 연결이 돼서 사귀게 되었더라도 나는 언제든 부자를 만날 수 있으니, 모든 관계를 깨끗이 정리할 것이다.

☐ 비굴포인트 #29. 결국 돈 많은 남자를 만나 결혼에 골인하게 되었다면, 그간의 모든 삶을 정리하고 남편만을 위해 남은 삶을 바칠 자신이 있다.

☐ 비굴포인트 #30. 돈 많은 남자를 만나기 위해서라면 촌스러운 취향으로 둘째가라면 서러운 내 절친한 친구 몇 명쯤은 버릴 수 있다.

자, 당신은 어디에 있는가?

0~1개 : 가능성 0%. 부자랑 결혼을 하고 말고가 문제가 아니다. 돈 없는 남자랑도 결혼이 힘들다. 스스로를 먹여 살려야 하는 것은 물론이고 결혼을 위해서는 남자 쪽 돈까지 책임져야 하는 절대절명의 위기 상황이다. 싱글 라이프에 대한 맹연습에 돌입해야 하겠다.

2~5개 : 가능성 10%~20%. 자존감이 강한 당신 돈 많은 남자는 포기하는 게 좋다. 자기 인생 자기가 개발하고 역경을 헤치고 성공을 거머쥐고, 사

람들에 둘러싸여 본인이 돈 쓰기를 즐기는 당신에게 돈 많은 남자는 남편 감이 아니라 오히려 적이고 경쟁자다. 어쩌다 부자를 만나게 되면 시비나 걸지 않으면 다행인 당신. 지금 자기 모습도 훌륭하니 굳이 돈 많은 남자에 연연하지 않아도 되겠다.

6~9개 : 가능성 20%~30%. 힘들겠다. 포기하자. 차라리 자기계발에 열과 성을 쏟아 본인을 멋지게 만드는 게 좋겠다. 묘한 자격지심까지 있어 멋진 자신의 모습을 비하하는 경향이 있다. 그것만 버려도 약간의 길이 열린다. 일단 자기를 완성한 뒤 돈 많은 남자와―외국인일 가능성이 높다―여행지에서의 우연한 만남을 기대해보는 것도 한 방법이다.

10~13개 : 가능성 30%~40%. 잠재된 능력은 있지만 돈 많은 남자에 대해 아무 생각 없는 당신. 당신이 마음을 바꿔먹고 연구하고 노력하고 매진하면 상황은 역전될 수도 있겠지만 지금 사는 대로도 충분히 만족하고 있다. 그렇지만 너무 늦어 버린 어느 날 본능적으로 부자에 대한 욕구가 생길 날을 대비해서 자신의 마음을 한 번 진지하게 들여다보자. 그래도 필요 없으면 그냥 그대로 살아가면 된다. 이런 여자가 우연한 기회에 진짜 부자에게 발탁될 가능성이 있다는 것이 참 아이러니다.

14~17개 : 가능성 40%~50%. 모 아니면 도. 이중인격자인 당신. 겉으로는 돈 많은 남자 필요 없다고 소리치고 있지만 마음 속 한 구석 부자 남자를 만나고 싶은 마음을 숨겨 놓고 키워가고 있다. 작은 행동에서 그런 냄새를 풍기는 당신, 부자들은 다 안다. 그래서 성공하지 못하는 것이다. 차라리 솔직하게 드러내 놓고 품격과 교양을 배우고 들이대거나 아니라면 과감히 포기하자.

18~20개 : 가능성 50%~60%. 돈 많은 남자에게 안달이 나 있는 당신. 그러나 본인의 한계 또한 너무나도 잘 아는 당신. 외과적인 수술이나 품격 개조 프로그램 등으로 과감한 변혁이 절실한 상황이다.

21~23개 : 가능성 60%~70%. 당신은 갈팡질팡 스타일. 돈 많은 남자를 너무나도 원했다가 '에라이~ 다 싫다~! 꺼져라!' 하다가 갈피를 못 잡는 당신. 이제 그만 마음을 정하시지요. 그렇게 왔다리 갔다리 하다가 젊음 잃고, 매력 잃고 땅치고 후회하시지 말고 내가 진짜 원하는 것은 무엇인지 체계적인 자가진단이 필요하다. 기본 자질은 어느 정도 있으니 마음 정하고 정진하시면 부자를 만날 수도 있다.

24~26개 : 가능성 70%~80%. 돈 많은 남자를 만날 수 있는 기본적인 배경은 갖추었으나 그간의 촌스러운 취향이 문제. 교양과 품격, 스타일을 바꿔주는 전문가 선생님의 도움만 있으면 만사 오케이다. 자신을 개조하는 데 쏟을 열정과 시간적 여유가 절실하다.

27~29개 : 가능성 80%~90%. 거의 완벽에 가까운 조건을 갖추고 있지만 뭔가 2% 부족하다. 혹시 주변에 폭탄 친구나 선배들을 끼고 다니다가 일을 그르치는 경우는 없나, 본인이 모르는 작은 헛점 하나 때문에 돈 많은 남자들이 막판에 판을 뒤집지는 않나 이 책이나 다른 레퍼런스를 참고하여 전략을 다시 꼼꼼히 되짚고 자신을 진단해본다.

30개, 만점 : 가능성 90%~100%. 왜 아직 돈 많은 남자를 못 만났을까? 만났어도 벌써 만났어야 하는데, '뭐 치명적인 문제가 있나?' 하는 의구심이 일 정도로 완벽한 조건을 갖춘 당신. 핀트가 약간 어긋났거나 운이 없거나 그런 소소한 이유들인 것 같으니 전문가의 상담을 받거나 당신이 얼마나 가치가 있는 존재인지 재평가하고 처음부터 차분히 다시 시작하라.